大賢者の遺物を手に入れた俺は、好きに生きることに決めた

著 まるせい

ill. かがぁ

—登場人物紹介—
Characters
シーラ
ピートとともに深淵ダンジョンからの脱出を目指す少女。富豪の娘を名乗っているが、複雑な事情を隠しているようで——
ピート
濡れ衣を着せられ、深淵ダンジョンに投獄された冒険者で魔導師。ひょんなことから大賢者の遺物である神器を手に入れ、ダンジョン脱出を目指す。
フォグ
フォックスという狐のモンスター。弱っていたところをピートに助けられ、行動をともにすることに。

メリル
ピートの幼馴染で、
メリッサの双子の妹。
明るく元気なトレジャーハンターで、
Sランク冒険者の実力を
持っている。
メリッサ
ピートの幼馴染。メリルの双子の
姉だが寡黙な性格。
『雷光』の二つ名を持つ剣士で、
妹と同じくSランク冒険者。

第一章

1

「D級冒険者ピート、お前を犯罪者として拘束する」

目の前には白ひげを蓄《たくわ》えた目つきの鋭い老人がいる。このルケニア王国王都の冒険者ギルドのギルドマスターだ。

彼は俺に厳しい目を向けている。元Sランク冒険者らしく、並の冒険者ならこの眼光を浴びると何も言えなくなってしまうのだが、俺ははっきりと彼の目を見返した。

「身に覚えがありませんが？」

何ら後ろめたいこともないので、いちいち怯《おび》える必要がないからだ。

「とぼけるな！　貴様はダンジョン内で他の冒険者にモンスターを擦《なす》り付けて危険に追いやったのだろう？」

ギルドマスターの言葉を聞いて考えてみるが、やはり身に覚えがない。

俺はソロでダンジョンに潜っているが、人との接触は避けているし、仮に接触する場合でも細心の注意を払っている。

「やはり間違いではないかと?」

結論は同じで、再度ギルドマスターに聞き直した。

するとギルドマスターはさらに厳しい目で俺を見ると追及してくる。

「その証拠を出せるのか?」

だが、基本的にソロで人目を避けて活動しているので、ダンジョン内での俺のアリバイを証明してくれるような人間はいない。

「逆に聞きたいのですが、どの冒険者が俺のことを訴えたのですか?」

なので、その「モンスターを擦り付けられた」と言った人物の名前を聞き、誤解を解くことにした。

「そっ、それは言えん」

ところが、ギルドマスターは焦りを浮かべると、質問への回答を拒否してきた。

「それではこちらとしても身の潔白を証明しようがない。せめて本人にもう一度確認してもらえませんか?」

何やらきな臭いものを感じつつも、ギルドマスターに発言の撤回と再確認をお願いしたのだが……。

「お前たちっ! 入ってこい!」

ギルドマスターがそう言うと、高ランク冒険者が数人部屋に入ってきた。

「こいつは言い訳ばかりしおって反省の色が見えない！　国に引き渡すから連れていけ！」

冒険者はあっという間に俺を拘束すると、俺から杖を取り上げてしまう。

「どういうことですかっ！　俺はやっていない！」

俺を拘束する冒険者の中には、普段付き合いがある者の姿があった。ギルドマスターは別にして、彼ならば俺のことを信じてくれるはず。

そう考えて声を上げるのだが……。

「ええい、その薄汚い口を閉じさせろっ！」

「ムグッ！」

布で口を覆われ言葉を封じられた。

「ギルドマスター、ピートはどうなるのですか？」

俺が言葉を封じられたところで、知り合いの冒険者はギルドマスターに俺の今後の処遇について確認した。

「ちょうど『深淵《しんえん》ダンジョン』へ犯罪者を投獄する時期だ。一緒に連れていく」

その言葉を聞いて、俺の背筋が冷たくなる。冗談ではない。そんな場所に行かされてたまるか……。

「し、しかし、一般的な犯罪者でも罪が確定するまでは勾留するのが原則では？」

知り合いの冒険者は困惑しつつも粘り、ギルドマスターに確認するのだが、

「くどいっ！　生意気な態度からして間違いあるまい！　歯向かうようなら貴様も仲間とみなすぞ」

その一言で全員黙り込むのだった。


「それじゃあお前たち、中に入ったら立ち止まらずに進むんだぞ」

周囲を武装した兵士が取り囲んでいる。全方向から槍が突き出されていた。目の前には洞窟の入り口があり、入り口の上には数字が刻まれている。

「畜生《ちくしょう》！　ふざけやがってっ！」

「殺してやるっ！」

周囲ではひげを蓄えた人相《にんそう》の悪い男たちが兵士に向かって声を荒らげている。彼らは凶悪な犯罪者で、殺人や強盗、他にも誰かを不幸に陥れてここにいる。

「黙れ！　この場で刺し殺されたいのか？」

兵士の言葉で一斉に槍が突き出され、男たちは下がった。

「今から食糧と装備品を配る。言っておくが、逃げようとか余計な考えは捨てるんだぞ？　貴様らにできるのはこの忌《い》むべきダンジョンに入ることだけだ」

袋を受け取った犯罪者から順に洞窟の中へと消えていく。

その際に、入り口の上に刻まれていた数字が減少していく。これは、このダンジョンに生贄《いけにえ》を捧げると減少する数字だ。

やがて、俺の番となった。

「あの、俺は冤罪《えんざい》なんです！　手違いでここに連れてこられただけで……」

ここに入るなんて冗談じゃない。俺は何一つ悪いことをしていないのだ、身の潔白を証明するため最後の足掻《あが》きをするのだが……。

「いいから貴様もとっとと入れっ！」

背中を強く押され暗闇が目の前に迫る。この境界線を越えたら戻れない、そう理解しながら……。

俺は深淵ダンジョンの入り口を潜《くぐ》るのだった。

★

中に入ると先程の犯罪者たちがその場に佇《たたず》んでいた。

洞窟全体が光っているようで、松明《たいまつ》や光明《こうみょう》の魔法を使う必要はなさそうだ。

「俺、そんな重い罪を犯してないのに……」

「私だって、店に嫌がらせする相手に注意しただけなのに……」

中には到底犯罪者には見えないような者がいる。俺と同じく冤罪で投獄された者もいるようだ。

後ろを見ると、あとから送られてきた人間の姿が見える。どうやらこれで全員のようで、壁を見ると出口は影も形もなかった。

「まさか俺が犯罪者と一緒にあの深淵ダンジョンに放り込まれるとはな……」

俺は溜息を吐くと、現状を正しく認識するところから始めた。


今回の件は、国内での犯罪者の数が足りずに起こったものなのだろう。

ここは古くからある深淵ダンジョンと呼ばれる場所だ。

このダンジョンができたのがいつなのかは記録にない。少なくとも数百年前にルケニアが建国された頃には既にあったらしい。

大陸の中央にある絶壁に囲まれた場所で、ルケニアを含む十二国の中心に位置している。

それぞれの国に面した壁には巨大な扉が設置されており、そこからダンジョンに入ることができる。

だが、扉が開くのは一年に一度だけ。

このダンジョンは一定人数の人間が入ると閉じる。逆に言えば、一定の人間が入らなければ開きっぱなしになってしまうのである。

なお、今までこのダンジョンに入って生きて戻った者はいない。

以前は、このダンジョンを攻略しようとする国もあった。

だが、毎年精鋭を送り出しては誰も帰ってこなかった。

やがてその試みは国力を低下させるまでになったため、隣国とのパワーバランスが崩れることを懸念する声が聞かれるようになる。

そうして国々が採った方策は、精鋭を送り込むのをやめ、ダンジョンの扉を開けっぱなしにすることだった。

だが、それによりダンジョンから大量のモンスターが発生。スタンピードが起き、一つの国が壊滅しそうになった。

その日以来、周辺十二国は毎年ダンジョンに犯罪者を入れると決めた。


「つまり……嵌《は》められたってことなんだよな」

気付いたのはダンジョンの前に立たされた時。俺以外にも何名か、絶望した様子を見せていた人間がいる。中にはギリギリまで無罪を訴えていた者もいた。

おそらく、今年は犯罪者の数が足りず、その補填《ほてん》がギルドに回ってきたのだ。その結果として、ソロで冒険をしている俺が選ばれたというわけだ。

俺たちは水と食糧を渡され「なるべく奥まで進むように」と命じられる。

以前、スタンピードが起きていることから、モンスターが存在することは周知されている。できる限り内部の敵を削って欲しいからか、武器や防具も与えられている。

現状を正しく認識した俺は周囲に声を掛けることにした。

「皆、聞いてくれ」

犯罪者やそうでない者も一斉に俺を見る。普段人から注目されるのに慣れていないので緊張する。

「それぞれ違う事情でここにいるようだが、ここは生存不可能と言われている深淵ダンジョン。俺たちは、国の犠牲に選ばれてしまった」

「ふざけやがって!」

「だからなんだってんだよ!」

威勢の良い声が聞こえる。ここで下手に委縮《いしゅく》されるよりはましだろう。

「こうしてここにいても仕方ない。これから先は皆で生き残ることを考えたいと思っている」

俺の提案に、犯罪者たちは互いの顔を見合わせた。感情的になって争っても誰も得をしないとわかっているからだろう。

やがて、俺の言葉が浸透したのか皆の意思が統一される。

「確かに……何が出るかわからねえこんな場所じゃ協力するしかねえな」

「ああ、その通りだな」

「頼むぜ魔導師」

魔法が使える人材は他にいない様子。皆が俺の提案を受け入れてくれたようで安心する。

「それじゃあ、皆で一緒に生き残ろう」

噂に名高い深淵ダンジョンを攻略するには心許ないメンバーではあるが、俺たちはダンジョン攻略の一歩を踏み出した。

★

「ひとまず、モンスターが出たら俺が倒す。前衛の人間は、俺の魔法の詠唱が終わるまで敵を近付けさせないようにしてくれ」

最初に隊列を決める際、戦闘経験がある犯罪者を前衛にした。

幸いともいうべきか、少なくともDランク冒険者相当の経験がある者が数名いたのだ。

それぞれの罪状は強盗・殺人・強姦《ごうかん》と目を背《そむ》けたくなる犯罪を犯している者たちだが、今は運命共同体なので目を瞑《つむ》るしかない。

「へっ、任せとけ。雑魚《ざこ》モンスターなら俺がぶっ殺してやる」

「牢屋暮らしで身体がなまってるからよぉ」

「おめえらっ！　ぐずぐずするんじゃねえぞ！」

彼らの素行は悪く、戦えない人間に対し怒鳴ったり恫喝《どうかつ》したりしているので、周りの空気は最悪だった。

しばらく進んでいると奥のほうからモンスターが飛んできた。

「ジャイアントバットかよ」

洞窟に棲むコウモリ型モンスターで、飛び回って噛み付いてくることからわりと厄介なモンスターだ。

「ちっ！　くそっ！」

「取り付いてきた！」

「痛てえええええっ！」

一匹一匹の攻撃は大したことないのだが、数が多いので無傷では済まない。

俺は魔法の詠唱を終えると、威力を抑えて解き放った。

「ファイア」

熱風を浴びせたジャイアントバットが地面に落ちる。

やつらの羽は薄く燃えやすいので、ちょっとした熱でも穴が開《あ》くのだ。

「あっちぃ！」

「てめぇっ！　何しやがる！」

「今のうちに地面に落ちたやつに止《とど》めを！」

俺は前衛の前に走ると、まだ奥に大量にいるであろうジャイアントバットに向けて魔法を放つ。

「ファイアボール」

巨大な火球が発生し前方へと飛んでいく。

ドオオオオオンッ！

爆発音とともに、奥に潜んでいたジャイアントバットが焼け死んだのか、嫌な臭いが漂ってきた。

「うっ……臭《くせ》え」

前衛の三人はその臭いを嗅ぐと顔を歪《ゆが》める。

「火が消えたら突破するぞ」

今の攻撃でジャイアントバットは全滅したはず。

俺たちは火が落ち着くと先へと進んだ。


時間が経つにしたがって、壁の光が徐々に暗くなってきた。

外の世界と時間が一致しているのか、夜になると明かりが消える仕組みのようだ。どのような技術が使われているのか非常に興味深く感じる。

「それにしても、奇妙な構造だよな……」

道中作成してきた地図を見ていた。

これまでの道で何度も分岐が存在していたのだが、どの分岐も左右と正面に分かれている。

一応ジグザグに進んでは来たがどこまで行っても同じ分岐なので、このダンジョンを作った者の意図を感じる。

「多分、これはダンジョンというよりは人工の建造物に近い」

等間隔で分岐が用意されていてすべてが繋がるようにできている。これなら方角さえ見失わなければ元の場所に戻ることもできるだろう。

「つまり、これはダンジョンというよりは、入ってきた者をある一定方向に導いているという……」

外の世界で聞いた深淵ダンジョンの推測と、自分で見た経験から、やがて最適解が導き出される。

ここを抜け出す手がかりに繋がろうとした瞬間――。

「勘弁してください！」

言い争いが聞こえてきた。

「どうした？」

俺が駆け付けると、無実の罪で投獄されたであろう老人と、犯罪者の三人が争っていた。

「いいから、黙って言うことを聞きやがれっ！」

「俺たちが前衛で戦ってやってるから、こうして生きながらえてるんだろうがよぉ！」

「てめえらは俺らに食糧を渡す義務があるんだよ！」

必死に袋を抱える者たちから、犯罪者が食糧を奪おうとしている。

「やめろっ！」

俺は憤《いきどお》りを覚えると、犯罪者たちを怒鳴りつけた。

「な、何だよ、お前の分もあるんだぜ」

「へへへ、俺らはこのグループの要《かなめ》だからな。ちゃんと分け合おうぜ」

「女も思いのままだ。お前だって嫌いじゃねえだろ？」

「ひっ⁉」

最後の一言で、女性の犯罪者が怯えた目で俺を見てくる。

「いいからその手を放せ」

俺は杖を構えると前衛の三人に告げる。

「外の世界での犯罪についてはこの際だ、目を瞑ろう」

杖の先に魔力を溜め、火球を作り出す。

「だけど、俺の目の前で弱者を虐《しいた》げるというのなら考えがあるぞ」

これは脅しではない。たとえ戦力になるからといって、その攻撃性を弱者に向けるような者を擁《よう》護《ご》するわけにはいかない。

俺の本気が伝わったのか、犯罪者たちはヘラヘラとした笑みを浮かべ、老人から離れた。

「へへへ、悪かったって」

「ちょっと調子に乗っちまっただけなんだ」

「俺らも協力したいと思ってるんだぜ」

取《と》り繕《つくろ》うように言葉を並べる。

「大丈夫ですか？」

「ううう、ありがとうございます」

老人はホッとすると礼を言った。彼らに殴られたのか顔にアザができている。

「こんなところで争ってる場合じゃないんだけどな……」

深淵ダンジョンに潜ってからまだ半日しか経っていないにもかかわらず、問題が起きている。

俺は溜息を吐くと、この先やっていけるのかと頭を悩ませるのだった。

★

翌日から、犯罪者の挙動に注意しながら探索を進めるようになった。

モンスターとの戦闘は今の戦力で何とかなる。問題は……。

「くそっ！　また罠《わな》かよ」

落とし穴に落ちた犯罪者を引っ張り上げるのに苦労している。致命的な罠ではなく、俺は犯罪者が引っ張り上げられるのを待つ間地図を見ていた。

「多分、もうすぐ罠にかからなくなるとは思う」

昨晩、これまでの進行ルートで気付いたことがあり、今日はその法則に従い分岐を決めてきた。

「どういうこった？」

犯罪者の一人が俺の言葉を拾い質問してきた。

法則が確信に至ったので、皆に説明することにする。

「出発地点がここで、俺たちは今こう分岐を進んできている」

必ず三つに分岐しているルートとそれをジグザグに進んできた道筋、そして罠のあった位置関係を示してやる。

「そして今俺たちがいるのはここ」

現在地を示したあと、俺は推測でダンジョンの構造を書き加え皆に見せた。

「これって……」

驚く男に頷く。

ダンジョンの構造は円を描いており、すべて中心に向かうようにできていた。

「罠があるのは、俺たちの入り口から北上した際の側道。直進した場所には罠が配置されていない」

これは罠が侵入者を嵌めるためのものではなく、正しい道筋に誘導するためのものだからだろう。

「おそらく、このままま っすぐ進んだ先に何か手掛かりがあるはずなんだ」

それが深淵ダンジョンの終点なのか、もしくは……。

「へへへ、なるほどねぇ」

「流石は魔導師、頭がいいな」

「ああ、そこまでわかればこっちのもんだ」

犯罪者たちも希望を見出したのか笑みを浮かべる。

この時俺はもっとその笑みの意味を考えるべきだったと、後程後悔するのだった。

夜になり、洞窟の明かりが消えたことからその日の移動をやめ休息を取っている。初日に争いがあったことを考えた俺は、他の人間を守るためできる限り一緒にいることにした。

「ちょっと来てくれ！」

そんな中、犯罪者の一人が血相を変えて俺を呼びに来た。

「どうした？」

「それが、誰か落ちたみたいなんだ、明かりをくれないか？」

「そんな馬鹿な、目に見える落とし穴だぞ」

順調にダンジョンを進んでいる最中、あからさまな落とし穴を発見した。そこを越えたところでその場を背に休息をとっていたのだが、誤って落下した人間がいるのだと言う。

俺は慌てて魔法で明かりを出す。

「おーい、大丈夫か？」

落とし穴を覗き込み声を掛ける。だが、思っているよりも穴が深いのか奥まで明かりが届かず声も聞こえなかった。

「気絶している？　あるいは……？」

落ち方が悪くて既に絶命している可能性もあった。

「点呼を取って誰がいないか確認を」

後ろを振り返ると、

「へへへ」

三人の男が俺を取り囲んでいた。手にはいつの間にか俺の杖が握られている。

協力しなければ深淵ダンジョンで生き残れないのは理解しているものと思っていた。

「何のつもりだ？」

「これまではあんたに従ってきたがもう我慢の限界だ」

「俺たちは好きにやらせてもらうさ」

「幸い、ここからの脱出方法は聞き出したからな」

杖を取り上げられてしまうと簡単な魔法くらいしか使えない。

「あんたの分まで俺たちが生き延びてやるから安心するんだな」

ドン、と背中を押された俺は、落とし穴へと落下した。

★

「ちっ、まさかこのタイミングで裏切ってくるとは……」

俺を必要ないと判断するにはまだ早い。裏切るならダンジョンを出てからだと考えていたのは早計だった。

落とし穴の壁はつるつるしているので登ることができない。

「くそ、せめて杖があれば……」

犯罪者たちに奪われていなければどうにかなったのだが……。

俺はひとまず落ち着くことにした。


「どのくらい経ったかな？」

落とし穴に落とされてから丸一日は経過しただろうか？

俺は顔を上げるとぽつりと呟く。

「ん？」

何気なく目の前を見ていると、壁にある溝《みぞ》が気になった。

自然な溝かと思ったが、何やら縦に伸びており不自然だ。

微《かす》かに魔力の反応を感じる。

「もしかすると、魔導トラップだろうか？」

魔力に反応して作動する罠があるのだが、これまで深淵ダンジョンでは見かけなかった。それがなぜこのような落とし穴に仕掛けてあるのか疑問が浮かぶ。

「どちらにせよ他に脱出手段もないし試してみるか」

犯罪者どもが戻ってくる可能性がないので、このままなら間違いなく餓死《がし》する。罠を発動させた上で状況を打開しようと考えた。

壁に手を当て魔力を流すと、魔法陣が浮かび上がり反応があった。

「動く……？」

壁が動き少し経つと、そこにはかろうじて潜り抜けられそうな入り口ができていた。

「まさか、こんな仕掛けになっていたなんて……」

あからさまな落とし穴だったので、落ちる人間はいないだろう。

もし仮にいても、仲間がいれば引き上げてもらえるし、魔力を認識できなければ気付きようがない。

「一体何のためにこんな仕掛けを？」

巧妙に隠されていたのなら理由があるはず。俺はその部屋に入った。

2

魔法による仕掛けで開いた部屋は狭かった。

部屋というよりは物置きとでもいうべきだろうか？

大人が数人も入れば窮屈になる程度の広さしかないこの場所の中心には、輝かんばかりの装備が飾られていた。

・金の刺繍《ししゅう》が入った幾重《いくえ》にも魔法がかかっているローブ
・拳《こぶし》程の虹魔石《こうませき》をつけた杖
・属性が違ういくつもの魔石が嵌め込まれた腕輪
・宝玉が輝くサークレット

いずれも、ただならぬ気配を放っており、これが伝説に名高い神器《アーティファクト》なのだと俺は一瞬で理解した。

一つだけでも人生を千回遊んで暮らせる神器が四つも同時に目の前に現れたのだ。

どうすべきか躊躇《ためら》っていたがずっとこのままというわけにもいかない。

俺は意を決してそれらに触れることにした。

「杖があっただけでも大助かりだ」

犯罪者に奪われてしまったせいで簡単な魔法しか使えなくなっていたが、これさえあれば脱出するための魔法を使うことができる。

「やはり、魔導師としてはこれがないと落ち着かないからな」

俺は目の前に飾られていたローブを身に着け、杖を手にした。

「……凄いな、驚く程軽いし、魔力がおそろしい程スムーズに流れる」

熱くもなければ寒くもない、それでいて身を守ってもらえるような確かな安心感があり着ている感覚が薄い。重さがゼロどころかマイナスのようで身体が軽く感じる。

「他の装備もこんな感じなのか？」

神器を装備したことで気後《きおく》れがなくなった俺は、続けて左腕に腕輪を通し、サークレットを頭に被せた。

「うっ……頭がっ！」

次の瞬間、頭痛が起こり、俺は杖を手放してしまう。

「くっ、なんだこれ……」

平衡《へいこう》感覚を失い地面に手をつく。

しばらくの間耐えていると、徐々に痛みが和《やわ》らいできた。

「これは……今まで使うことができなかった魔法の知識が突然湧いてきた。このサークレットのせいか？」

頭痛が消え、頭がスッキリすると、これまで使い方を知らなかった魔法を覚えていた。

その中には現代の魔導師では扱えない遺失魔法《ロストマジック》も存在している。

「そうだ、この魔法を使えば神器を調べることができるかもしれない」

俺はそう思いつくと、杖を掴み、身に着けている神器に魔法を使った。

「アナリシス」

目の前に神器の説明が浮かび上がる。俺はその内容をゆっくりと読んだ。

大賢者のローブ

すべての属性魔法を吸収し魔力に換える。魔力を注いだ分だけ防御力がアップする。ローブの中は常に快適な温度に調整される。

破邪《はじゃ》の杖

魔法使用時の消費魔力が十分の一になる。魔法の威力が通常の十倍になる。一度使ったことがある魔法を記録しておき無詠唱で繰り出すことができる。

亜空間の腕輪

亜空間に無限にアイテムを収納できる。閉じている間は時間が経過しないので品質は入れた時のまま保たれる。

大賢者のサークレット

大賢者の知識を引き出すことができる。古代より存在するすべての魔法を扱うことができる。

あまりの高性能っぷりに開いた口が塞《ふさ》がらない。

一つだけでも性能が凄すぎるのに同時に四つも入手したのだ。

『大賢者のローブ』があれば魔法を使ってくる相手を完全に無効化できるばかりか、物理的な攻撃にも対応できる。

『破邪の杖』があれば見習い魔導師でも強力な魔法を扱え、大人数を相手にしても立ち回れるようになる。

『亜空間の腕輪』があれば無限にアイテムを収納できるので、商人をしても良いし、食糧など大量に用意しておけばダンジョンに長期間籠《こ》もることも可能。

戦争時に武器や防具を一手に引き受ければ進行速度も上がるし、兵士たちの疲労を抑えることもできる。あらゆる事態を覆《くつがえ》す可能性があった。

最後に『大賢者のサークレット』だが、必要な魔法を大まかに思い浮かべると魔法の候補が浮かんでくる。

その中から一番使えそうなものを選択するだけで、最大限の効果を得られるというもので、ある意味これが一番反則な気がする。

「えっと、これ本当に俺が持っていっていいんだよな？」

ダンジョンで拾った物は最初に手に入れた人間の物というルールがある。これまで誰もこの場所に到達しなかったので、最初に発見した俺に権利があるのは間違いない。

「まあ、これがないと生き残れないかもしれないからな」

何せここは生還率ゼロのジョンだ。凶悪な罠や凶暴なモンスターが存在している。強い力を持つに越したことはない。

「とりあえず、穴から脱出したいけど何か適当な魔法はないか？」

サークレットに尋ねると、フライという身体を飛ばす魔法があった。

「ひとまず穴から出て、そのあとは……先に進むか」

丸一日経っているので、遠くに行ってしまっているかもしれないが、犯罪者のあとを追うのは難しくない。

もし彼らが深淵ダンジョンからの脱出を目指しているのなら、俺が指し示したルートを通るはず。

「まあ、出てから考えるか」

俺は杖を構えると魔法を唱えた。

「フライ」

足元の感触が消え、身体が浮かび上がった。

「お、おお……」

地に足がついていないというのはバランスを取るのが難しい。最初は苦戦したが、魔法をコントロールすることで浮かぶ方向も速度も意のままに操れるようになった。

「とりあえず、ゆっくり浮かんで上を目指すか」

ふらふらしながらも身体が浮上していく。天井が近くなり、下を見ると結構な高さまで上がっていた。

俺は慎重に高度を下げると、横に移動し地面に足をつける。

「ふぅ、落とし穴からようやく出られた」

上に戻れたことに安堵すると溜息を吐いた。

★

暗闇の中、照明魔法を使わず慎重に歩く。

ナイトビジョンという暗闇の中でも明るく見える魔法のお蔭《かげ》で、視界を確保し動くことができた。

ダンジョンに入ったばかりの頃は壁が光っていて周囲を明るくしていたが、時間が経つにつれて徐々に暗くなり、最終的には真っ暗になってしまった。

その時一緒に行動をしていた犯罪者が慌てた様子だったので、俺は「外が夜になっただけだ。多分外の太陽の光を投影しているのだろう」と言って落ち着かせた。

事実、暗闇の時間は俺が記憶している限りこの時期の日没・日の出とほぼ一致している。

ダンジョン内とはいえ昼夜がはっきりしているのはありがたい。

進むべきか休むべきかの判断基準にもなるし、モンスターも暗がりの中では活動を控えるはず。

つまり、今の俺のように安全に動き回ることも可能になるのだ。

話をナイトビジョンに戻すと、この魔法は明かりを生み出すライトの魔法と同じく消費魔力が少なく長時間継続できるので重宝するのだが、魔導師は夜中にわざわざ動き回らないし、見張りの際に使おうにも、視界が明るくなりすぎるので眠りの妨げにもなる。

そんなわけで、わざわざ覚えようとしない魔導師はわりと多かったりする。

今回はそれを覚えていることが幸いした。俺が現在進んでいるルートは、犯罪者も進んでいるはずのルートだ。

明かりをつけて接近すればたちまち気付かれてしまう。俺が無事なことを悟られたくないので、不意をつくならこちらのほうがよい。

「……それにしてもなかなか追いつかないな」

向こうは集団で、道中モンスターとの戦闘を繰り広げているはずなのだ。だというのに落とし穴から這い上がって半日追いかけているが、犯罪者どもの背中を見ることができなかった。

「ぎゃあああああああああ」

その瞬間、聞いた覚えがある声の悲鳴が聞こえる。

わりと遠くのようだが、それだけ大きな声をあげる何かがあったのだろう。

（行ってみるしかない）

あくまで、こちらの動きを悟られるような真似はせず、目立たないよう素早く走る。

やがて、声がした場所にたどり着いた俺は、姿を隠すのも忘れその場の光景を見てしまった。

「嘘……だろ？」

そこには、数メートルを超すモンスターが三匹おり、周囲には俺とともに深淵ダンジョンに投獄された犯罪者たちが倒れていた。

戦闘職ではなかったからか、モンスターを相手になす術《すべ》もなく屠《ほふ》られてしまっている。

首の骨が折れていたり、身体が潰されていたり。どう見ても死んでいるのは明らかだ。

「あぐ……たすけ……」

俺を嵌めた犯罪者の一人がモンスターに掴まれており、「ゴキッ」と音がして崩れ落ちる。

「なるほど、ここまで誘導するのがこのダンジョンを設計した人間の意図だったか……」

罠の配置に気付き、一本道で進ませ強力なモンスターを配置して一気に全滅させる。

「こんなレアモンスターを三体も同時に相手にするなんて、外の世界だと考えられないな」

そいつが動くたびに地面が揺れ、パラパラと小石が落下する。

三メートル程の巨体は二本の足を開き、両手を前に構えている。完全に通路を塞ぎ進行を阻むつもりらしい。

身体から土が剥《は》がれていき、ミスリルの肌が露出する。二つの瞳が輝き俺を見据える頃には、俺は戦闘の準備を終えていた。

「……ランクＢの超希少モンスター、ミスリルゴーレム」

魔法に高い耐性を持つ――外の世界でも出会うことすら希少なミスリルゴーレムと相対することになった。

「ファイアアロー」

破邪の杖を振るうと火炎が発生し、ミスリルゴーレムへ突き進む。

ゴウンッ。

『アロー』と呼ぶには似つかわしくない炎の塊《かたまり》が直撃し、衝撃が伝わり壁が焼け焦げる。

「くっ！」

熱が伝わってきて周囲の温度が急上昇する。

ひとまず最初ということで、今まで通りの魔力を込めて使い慣れた魔法を使ってみたつもりだったが、これではファイアアローではなくフレアキャノンだ。

魔力が十分の一で威力が十倍という、破邪の杖の性能のおそろしさを味わった。

「だが、相性が悪い相手だ。これでどれだけのダメージを与えられたことか……」

Ａランク魔導師が高ランク魔法を連発してごり押しでミスリルゴーレムを単独討伐した噂を聞いたことがある。

その時はマナポーションをがぶ飲みして五十近い魔法を使ってようやく核を破壊したとか。

ゴーレムの核は胸の中心にある。

普通のゴーレムなら物理破壊可能で、魔法を当て続ければ問題ないが、今回のは魔法に耐性がある金属、ミスリルでできたゴーレムだ。

高レアの武器を持つ一流の戦士ならば倒せるかもしれないが、魔法で戦うには難がある相手だ。

最悪、効いていないようなら、もう一発魔法を当てて離脱したほうがよい。そんなことを考えていると、煙が晴れてミスリルゴーレムが姿を現した。

『ガガガガガガ……』

ミスリルゴーレムの腕が溶けて、地面には腕の塊が転がっている。当たりどころさえ良ければ今の一発で倒せていたのではないだろうか？

ギギギと身体を軋《きし》ませながらも、ミスリルゴーレムは前へ進もうとしてくる。

「魔法が通じるなら、いくらでもやりようがあるな」

どうやら神器の力を甘く見ていたようだ。単純な魔法一発で高温の炉を使わなければ溶かせないミスリルをドロドロにできるのなら、目の前の相手は美味しい獲物でしかない。

「これだけの量のミスリルだ。外に出て売ったら大金になるよな」

魔法のせいで周囲の気温が上がっている。大賢者のローブを着ている身体は問題ないが、むき出しの顔が熱い。

この熱を何とかしながら攻撃する魔法を俺は唱えた。

「ウインドスラッシャー」

風が起こり、真空の刃が三体のミスリルゴーレムに襲い掛かる。

『ギ……ア……ア……』

ミスリルゴーレムの身体が刻まれて崩れ落ちていく。籠《こ》もっていた熱気は風により奥へと押しやられ、今までの暑さが嘘のように快適になった。

「あれが核か、最小限の威力で……エナジーボルト」

魔力を従来の十分の一に絞り魔法をぶつける。魔力の塊を撃ち出すエナジーボルトは露出した核を破壊した。

「ふぅ、これなら上のランクのモンスターが出ても何とかなりそうだ」

ミスリルゴーレムを倒した俺は一息吐くと、無事な者がいないか見て回った。

「まさか全滅するとはな……」

犯罪者一行に生き残りはおらず、俺の背筋を冷たい汗が流れ落ちる。

ミスリルゴーレムはそれだけ強敵だし、もし仮に俺が神器なしに挑んでいた場合、彼らと同じ運命をたどっていただろう。

ダンジョンの外に出るためには、ダンジョン構造に誘導されるままに従えば良いかと考えまっすぐ進んできたが、このダンジョンを設計した人物は思いのほか性格が悪いらしい。

正しいルートにこのような強力なモンスターを配置しているとは。

「よし、そろそろ行くか」

俺はミスリルを亜空間に収納し終えると移動することにした。

他のモンスターとの遭遇を避けるため、俺は慎重な足取りでダンジョンの先を目指した。

3

ミスリルゴーレムと遭遇してから数時間、俺は洞窟内をひたすら北上していた。

途中、何度かモンスターとの戦闘を重ね進み続けた。遭遇したのはゴーレムやガーゴイルといった魔力で動く敵ばかりだったので、装備と魔法の威力の確認をしながら倒していった。

道中、即死級の罠もいくつかあったのだが、遺失魔法のトラップサーチのお蔭で、罠がある場所がはっきりとしていたので引っかかることはなかった。

そんなわけで、順調に洞窟を進んでいた俺だったが……。

「ここは……抜けたのか？」

目の前には一面に森が広がっている。

先程までの洞窟のような造りから一転して、天井は高く目を凝《こ》らしてようやくうっすらと見えるくらいだ。

遠くを見ると、何やら小さな生物が大量に飛び回っているのが映る。

魔法で視覚を強化して見ると、小さな生き物と思っていたのはどうやらドラゴンの群れのようだ。

「浮かんで地形を確認したいけど、やめておいたほうがいいな……」

遺失魔法のフライはただ浮かぶだけでも結構な魔力を消費する上、そんなに速く飛ぶことができない。もし浮かんで、飛行型モンスターに見つかっては格好の的だ。

「そういえば、洞窟の出口はどうなってるんだ？」

少し前に進み後ろを振り返る。

自分が出てきた場所が気になって見たのだが、洞窟の出口の上には絶壁が広がっていた。天まで覆う壁を見て、ここが深淵ダンジョンの中なのだと確信を得る。

俺が出てきた穴の左右には等間隔で同じような穴がずらりと開いていた。視界に見渡す限り穴が広がっている。確認したわけではないが、このダンジョンの外側の地形と、造り手の意図から考えると一周ずっと同じように穴が開いているのだろう。

どのルートを通っても方角さえ見失わなければここに出るようになっているに違いない。

「もっとも、ここまで来るのはかなり難しかったがな……」

トラップやモンスターの存在もあるので、生きてたどり着けるかどうかは運しだいということにもなる。

とはいえ、徒歩で丸三日程度で到達したことから、ここは深淵ダンジョンでもまだ外周だろうと予測する。

「十二国のどの入り口から入ってもここに向かうようになっている。だとすれば、各国の入り口もこの内部で繋がっている可能性があるな」

中にはこれまで投獄されてきた犯罪者もいるに違いない。もしこの先、人間と会うことがあったら警戒しておかなければならないだろう。

——ぐぅぅぅ。

そんな俺の緊張とは無関係で腹の音が鳴る。

「そういえば、食事……できてなかったんだっけ」

落とし穴に落とされる時に食糧は犯罪者に奪われ、俺があいつらに追いついた時にはその食糧はミスリルゴーレムによって叩き潰されていた。

そのせいでまともな食事を取れていなかったので空腹だったのだ。

目の前に森が広がっている以上、何か食べられる植物などが自生しているかもしれない。

「ひとまず、森に入ってみることにするか」

俺は気を取り直すと、食糧を確保すべく森に分け入ることにした。

草木をかき分けて進んでいく。

下を見ると葉が積もっており、地面から突き出した木の根や枝が邪魔で、たびたび杖が当たらないように動かさなければならなかった。

森に入ってから数十分程経ったかと思うのだが、今のところモンスターにも獣にも人にも出会わない。

狩人なら些細な痕跡から生物の移動跡を発見し追いかけることができるのだろうが、俺にその技術はない。

鳥の鳴き声や草が揺れる音は聞こえるので、こちらを察知して逃げているのだろう。

どうにか食事にありつけないかと考えながら、さらに森の奥へと入っていくと……。

「おっ！」

果物が実っている木を発見した。

木は高さが十メートルを超えているようで、てっぺんには果物と思《おぼ》しき黄色い物が見えている。

木の表面はツルツルしていて凹凸《おうとつ》もほとんどなかった。足を掛けることができないので、普通なら登るのは不可能だろう。

もっとよく見ようと近付いてみると、木の裏側に生き物の気配を感じた。

覗いてみると小柄な獣型モンスターがいた。

傷だらけで弱っており、それでも木に登ろうとチャレンジしてはしばらくしてずり落ちてくる。

どうやら俺と同じくあの果物を狙っているようだ。

『クゥーン』

自分が採取する参考になるかと思って見ていたが、段々と動きが緩慢になりとうとう力尽きて倒れてしまった。

「あっ……おい？」

『キュゥウーン』

か弱い鳴き声を出す。このまま放っておけば死んでしまうに違いない。

それは自然の摂理なので仕方のないことなのかもしれないが、今の俺はどういうわけか見捨てる気が起きなかった。

「ちょっと待ってろよ？」

俺は木に触れると登れるかどうか考えてみる。

木に傷をつけて窪《くぼ》みに足を掛けて登る方法もあるが、ナイフなどの武器は持ち合わせていない。

「あとは魔法で斬り倒すか？」

この先も果物を採取するつもりならそれは勿体《もったい》ないし、倒したことで果物が潰れてしまったり、周囲に自分の存在を伝えてしまうことになりかねない。

「まあ、ここなら飛んでも大丈夫か？」

木々に囲まれているので森から飛び出さなければ飛行モンスターに捕捉されることはないはず。

「フライ」

以前よりも慣れたからか、スムーズに身体が浮かび上がる。木のてっぺんまで到達し果物を採取しようとしたのだが、左手に杖を持った状態なのでなかなか大変だ。

果物は思っているよりも大きく人間の頭がすっぽり入りそうなサイズだ。

どうにか一つ確保した俺は、慎重に魔法を制御して地面に降りた。

入手した果物を風の刃で真っ二つにし、獣型モンスターに分けてやる。

「ほら、これが欲しかったんだろ？」

『キュキュッ？』

顔を上げ果物に鼻を近付ける。ピスピスと鼻を鳴らしたかと思えば果物に噛みついた。

『キュキュキュウーー！』

一心不乱に食べるのを見ながら俺も果物を口にする。

「おっ、甘くて美味しいな」

口に含むとシャリと音がして、噛むと甘い汁が広がる。喉が渇いていたので助かった。

「この先何があるかわからない。食糧はなるべく確保しておいたほうがいいよな」

果物を食べ終えた俺は、ふたたび魔法で身体を浮かせると採取を開始した。

亜空間の入り口を上に開き、果物を木から切り離しそこに落とす。何度かやっている間に段々慣れてきたので、周囲に生えている同様の木からも果物を回収しておいた。

やがて、一通り収穫を終えたところで地上に降りると、思っているより疲労していることに気が付いた。

「流石《さすが》は遺失魔法だけある、魔力の消耗が激しい」

破邪の杖を用いてこれだけ疲れるということは、元々の俺の魔力では一分も浮かんでいられないかもしれない。

「戦闘することも考慮しないといけないからな、控えるようにしよう」

すべて一人で解決しなければならない現状、魔力の運用に関しては余裕を持たなければならないだろう。

「さて、食糧を確保できたことだし、次に行くか」

当面の食糧が手に入ったので多少の余裕を取り戻した俺は、早速森の探索を再開しようとするのだが……。

『キュッ！』

先程果物を分け与えてやったモンスターが足元をうろちょろしていた。

『キュキュゥ～』

甘えるような鳴き声で身体を俺の足に擦り付けてくる。

「お前、一緒に来たいのか？」

『キュウ～ン！』

持ち上げると愛らしい声で鳴いた。合っているらしい。

「うーん……どうしようか？」

ここは誰も生還できないことで有名な深淵ダンジョンだ。そんな場所で守るべき対象を作るわけにはいかないのだが……。

目の前の獣のつぶらな瞳を見ているとどうにも庇護欲が湧いてきてしまう。

「まあ、このダンジョンでずっと一人ってのもな……」

見知らぬ場所で一人というのは精神的に追い詰められる原因にもなりかねない。少なくともこいつがいれば多少の寂しさは紛らわせることができるのではないだろうか？

「ついてくるなら名前を付けないとな。外の世界で見たことないけど、お前ってモンスターだよな？」

こんな時に都合の良い遺失魔法があったので使ってみる。

「アナリシス」

生物名：フォックス（モンスター）

「なるほど、フォックスか。じゃあ名前は、フォグでいいか？」

『キュウキュウ！』

喜んでいる。どうやら問題ないらしい。

「それじゃあよろしくな、フォグ」

『キュウン』

こうして深淵ダンジョンに潜って四日目にして、俺に同行者ができたのだった。

4

「それにしても、一体どれだけ歩けば森を抜けられるんだ？」

フォグと遭遇してから三日が経過した。闇雲に探索するわけにもいかなかったので、洞窟の時と同様に俺は北を目指して進んでいた。

道中、植物を発見してはアナリシスで解析し食糧を確保する。

そんな行動をしていたせいであまり前に進まなかったのだが、このダンジョン内の野菜や山菜やキノコ類は美味しく、単純に煮るだけでもそれなりに食える料理になった。

あとは調味料さえあればもっとまともな食事ができるのだが、こうして飢え死にしなくなっただけでも幸運と思わねばならないだろう。

「そろそろ、フォグ以外の生物とも遭遇してみたいんだが……」

肉が食べたい。野菜も美味いが、力が湧くような感覚を得られるのは断然動物の肉に限る。

そんなことをぼやきながら歩いていると、

『キュッキュキュキュ！』

フォグが反応を見せた。

「どうした、フォグ？」

フォグがローブを噛み引っ張る。

「こっちに行けというのか？」

『キュッ！』

妙に自信満々に頷くので、俺はフォグを信じることにする。

しばらく進んでみると水が落ちる音が聞こえてきた。

「滝……か？」

高い位置から水が落ちる音が途切れずここまで響いている。近くに川があるのだろう。フォグは耳が良いのでその音を察知し俺に伝えてきたのだ。

「でかした。偉いぞ、フォグ」

『キュウ～ン』

頭を撫《な》でてやると気持ちよさそうな鳴き声を出す。

俺たちは音のするほうへと向かう。数分程歩くと森が途切れ久々に視界が開けた。

離れた場所に数十メートル程の高さの滝がありその直下に川が流れている。

対岸までの距離はおよそ数十メートル、流れている水は透き通っており、水面に魚の影が見える。

「やっと、果物や野菜以外の物が食えるぞ！」

子どもの頃、よく孤児院を抜け出して幼馴染と一緒に釣りをしたので懐かしく思える。

早速魚を釣って焼いて食べようと考えたが、ここにきて少し悩んだ。

釣りをするには両手を空ける必要があるのだが、杖を手放すことに強い抵抗がある。あの時、杖を奪われなければ犯罪者にむざむざ穴に落とされなかったし、神器を奪われたら致命的だ。

普通であれば他人の接近に気付けるのだが、ここは滝の音が足音を消してしまうからな。

盗賊などは足音を消すのもお手のものなので、何か対策をしたほうが良いと考えた。

俺は大賢者のサークレットから知識を引き出すと、一つの遺失魔法を選択した。

アポーツ
所有登録しているモノを手元に引き寄せることができる。

これならば手放した状態からでも瞬時に杖を引き寄せることが可能そうだ。

俺は早速、破邪の杖を所有登録する。触れた状態で自分の魔力で印を付ければ準備は完了だ。

破邪の杖を地面に置き、数メートル程離れると……。

「アポーツ」

次の瞬間、破邪の杖が消え右手に馴染んだ感触があった。

「これは便利だな、ローブとサークレットと腕輪にもかけておこう」

神器とはいえ装備している以上、脱ぐ場面もある。その隙をついて奪われる可能性があるので、取り戻す対策は必要だ。

俺は他の神器にも魔力で印を付けていく。

そうして準備が終わり、ふと考える。

確かに取り寄せできるのだが、そもそも杖をそこらに放っておくのは不用心ではないか？

奪われないに越したことはないし、地面に置けば汚れてしまう。魔導師にとって杖は大切なパートナーだ。やむを得ない場合でなければ、雑に扱いたくない。

「亜空間に入ってる場合どうだろうか？」

アポーツが空間を隔てて発動するかは試しておきたい。大賢者のサークレットから得た知識で、敵を別の次元に放り込む魔法なんてものも存在しているのはわかっているからだ。

その魔法の使い手、もしくは自分のミスで杖をそちらに送ってしまったらどうなるのか、早急に検証すべきだと判断する。

俺は破邪の杖を亜空間に入れると、早速魔法を使ってみる。

「アポーツ」

右手に杖の感触を感じた。この方法なら、亜空間にしまってあるアイテムも取り出せるようだ。

「これは色々使い道がありそうな魔法だな」

盗難対策ができた俺は満足げに頷くと、釣りを始めるのだった。


後ろでは、パチパチと火が爆《は》ぜる音が聞こえる。

煙が立ち、魚の焼ける匂いが漂ってくる。

「よっと、また釣れたな」

先程から、魚を釣っては枝に刺し、次から次に焼いている。

「フォグ、そろそろ食べられそうか？」

『キュルルル』

お預けを食らった状態のフォグは先程から俺の傍を離れ、ずっと魚を見ていた。

焚《た》き火の周りには十を超す魚が囲んでいる。魚は遠火でじっくり時間を掛けて焼くのが美味しくなるコツなのだ。

俺は釣り竿を一旦置くと焚き火に近付く。そうして最初に焼き始めた魚を取り上げると焼け具合を確認する。

表面の皮が焦げて良い匂いが鼻先をくすぐる。表面から脂が滲《にじ》み出て地面をポタポタと濡らしているので、中まで十分に火が通っているに違いない。

空腹を意識してしまい唾を飲み込むと、いよいよ我慢できなくなり食べることにした。

両手で枝を持ち、大口を開けて魚にかぶりつく。口の中いっぱいに魚の味が広がり、脂の風味が舌を刺激する。

久しぶりのまともな食事に一口食べると止まらなくなった。あっという間に一匹食べ終えると、フォグがこちらを見ているのに気付く。

「ほら、フォグも食べてみろ」

ちょうどよく焼けている魚を枝から引き抜き、地面に置くとフォグに勧めた。

フォグは鼻を近付け匂いを嗅いでから魚を食べ始めた。

『キュキュ！』

美味しかったのか、物凄い勢いで食べている。その勢いは先程の俺以上で、ものの十秒程で一匹を食べてしまった。

『キュウ！』

追加をねだるフォグの前に纏《まと》めて三匹魚を置く。

「これはこっちも負けてられないな」

一心不乱になり焼いていた魚を次から次へと食べていく。

気が付けば釣り上げた魚は全部俺とフォグの胃袋へと消えていた。

★

「ふぅ、ようやく落ち着いたな」

食事を終え、川の水で喉を潤わせると一息吐く。食後の休憩を兼ねて俺はぼーっと岸辺を見ていた。

深淵ダンジョンに放り込まれて以来、初めて心に余裕ができた気がする。

「ここなら水源も食糧も手に入るから飢えることはなさそうだ。しばらく留まってもいいかも」

もし仮に生存者がいたら、生活環境を充実させるためにこういう場所に集まってくるのではないだろうか？

互いに見てきたものの情報を交換するだけでも価値があるかもしれない。

ここで環境を整えながらダンジョン攻略の足掛かりを発見できないかと考えていると……。

「ん、あれはなんだ？」

滝から落ちてきた何かがプカプカと川を流れてくる。

「もしかして、人間か？」

白いドレスを身に着けた女の子が仰向《あおむ》けで流れてきた。

俺は慌てて川に入り、彼女へと近付いた。意識がないらしく、ぐったりした様子だ。

俺は彼女を岸辺まで連れて行くと、

「おいっ、しっかりしろ！」

頬を叩いて覚醒を促すが反応がない。胸に耳を当てると心臓が止まっていた。

「くそっ！　ひとまず蘇生させないと」

俺は目いっぱい息を吸うと彼女と唇を合わせ、人工呼吸をした。

心臓マッサージをし、何度も何度も空気を送り込む。

何度か空気を送り込んでいると、

「ケホッ！　ケホッ！」

水を吐き出した。どうにか助かったようでホッとする。

「大丈夫か？」

「ううう……」

声を掛けたが意識を取り戻す様子がない。

「随分と身体が冷えてるようだな」

純白のドレスがぴっちりと張り付き、身体の起伏を強調する。滑らかな曲線を描いており、非常時だというのに目のやり場に困った。

どれだけの時間、水中にいたのかわからないが、このままでは凍死してしまうのではないか？

「まずは身体を温めないと……」

俺はそう考えると周囲を見渡す。焚き火の勢いが落ち始めていた。

「フォグ。薪《たきぎ》を拾ってきてくれないか？」

『キュキュッ！』

俺はフォグを見送ると、今のうちにやらなければならないことをやっておくことにした。

「流石にこんな場所に寝かせておくわけにもいかないよな……」

俺は杖を手に取ると魔法を使った。

「ストーンウォール」

その場に高さ数メートルの石を作り出した。

「これを上手く変形させて……」

ドーム状にして中を空洞にする。魔法の応用だが、アレンジをする分、魔力の消耗が激しくなる。

「ふぅ、これで良し」

石造りのドーム型の部屋が出来上がった。簡易的なものなので狭いが、人一人が横になるくらいのスペースは確保できている。

俺は急ぎ彼女を中に運び込んだ。


「ううう……」

それから暖炉に薪をくべ様子を見る。数分が経ったが、彼女は意識を取り戻すことなく震えていた。

その原因はピッタリ張り付いている水に濡れたドレスだ。部屋の中は暖まっているのだが、濡れたドレスが彼女から熱を奪い続けている。

このままでは身体が温まる前に体調を崩してしまう。最悪はそのまま……。

俺は溜息を吐くと、覚悟を決める。

「緊急時だから許してくれよな」

そう言って俺は彼女の服を脱がせた。

第二章

5

夢を見ていた……。

城の各所で剣を打ち合う音や魔法の飛び交う音が聞こえ煙が上がる。

戦っているのはこの国の騎士で、少数の近衛《このえ》に対し相手の数は数十倍はくだらない。

「逃げろ！」

御父様が険しい顔をして私に向かって叫んだ。

「嫌ですっ！　御父様と御母様を置いて行けません！」

「貴女は王家の血を引く最後の一人。逃げてちょうだい」

御母様は私の肩を抱くと目に涙を浮かべた。

「ミラ！　シーラを頼む！」

「はい、シーラ様。こっちに！」

ミラに手を引かれ、数名の近衛騎士に囲まれながら、私はその場から遠ざかる。

「御父様、御母様！　私は……絶対に……」

手を伸ばすが二人は振り向いてくれず、視界から消えるまで私は叫び続けた。

★

「御父様！　御母様！」

叫び声が石造りの部屋に響く。シーラは天井に向けて右手を伸ばすと目を開いた。

先程まで見ていたのが夢だとわかると、頬に涙が伝う。

「……そうだったわね、御父様、御母様は私を逃がすために」

それ以上は言葉にできない。両親がどうなったかは、怖くて考えたくなかったから。

信頼できる護衛だけを連れて逃げ出した。その護衛も過酷なこの地にて、一人また一人と離れ離れになってしまった。

最後には一人森の中を歩いていて……。

シーラはその後起きたことを思い出し、背筋がゾッとなるのを感じた。

「あれから……どうなったのかしら？」

川に落ち、激流に晒《さら》されながらも意識を保ち続け、最後には滝を目にしてから記憶がない。

大量の水が口の中に流れ込み、苦しみもがいたのまでは覚えているのだが……。

普通あの状況で溺《おぼ》れたのなら助からないはず。

もしかして自分は死んでしまい、ここは天国なのだろうか？

そんな風に考えていると、離れた場所で何かが動いた。

『キュルル、キュルルルルゥ』

籠《かご》の中に横たわり寝ているそれは、小型のモンスターだった。

身体を丸め、寝息を立てている。

その姿に……。

「か、可愛い……」

思わず声が漏れてしまった。

艶《つや》やかな毛並みと愛らしい顔。鼻をひくつかせ、音を聞いてピクリと動かす耳。これまでシーラが見てきた中でも飛び抜けて可愛い生き物だった。

シーラが起き上がると、ローブが身体からスルリと落ちる。

「えっ？　なんで裸なの？」

歳のわりに育っており、最近では異性の目を惹きつけていると思われる二つの山。それがあられもなく晒される。

「私のドレスは？」

よく見ると部屋の端に枝が立てられており、そこにシーラのドレスと下着が干されていた。

「と、とりあえず着替えを……」

一糸纏《まと》わぬ姿でいるのは不安で仕方ない。シーラがドレスを身に着けようと手を伸ばすと、入り口からピートが顔を出した。

「物音が聞こえたけど、もしかして起きたのか？」

全裸のシーラとピートの視線が交わる。

シーラは顔を真っ赤にすると、

「きゃあああああああああああああっ！」

森中に響き渡るのではないかという大声で叫ぶのだった。

★

「ううう……全部見られたぁ」

目に涙を浮かべながら彼女はうわごとのように呟いている。

今は、元々着ていたドレスと下着を身に着けてはいるのだが、少しでも肌を隠したいのか、俺のローブを抱いている。

「いきなり入ったことは悪かった。でも、長いこと意識がなかったから心配だったんだよ」

彼女を怖がらせるのは本意ではないので、できる限り部屋にいないようにしていたのだが、それが裏目に出てしまったようだ。

ひとまず、起きたら色々と話を聞くつもりだったのだが、最初で失敗してしまったのでどうするべきか考えなければならない。

まず、彼女がどこから来たのか、ここにいるということは犯罪者なのか、そうしたことを知っておきたいが、素直に話してくれるとは思えない。

警戒心を見せており、睨みつけるように俺を見てくる。そんな彼女をこれ以上刺激しないように俺は距離を取っていた。

そうしている間にも、彼女は探るような視線で俺を見て部屋を見渡し、暖炉を見ると眉根を寄せ何やら考え始めた。

しばらくすると……。

「状況からして、あなたが私を助けてくれたことは理解したわ」

気を失う前の状況までを思い出したのか、そう結論づけてくれたようだ。

理性的な相手のようで俺もホッとする。

「私の名前はシーラ、トラテム王国の……えっと、富豪の娘よ」

彼女は一瞬言い淀《よど》むと、名乗りを上げる。

「俺はピートだ。ルケニア王国冒険者ギルドのDランク冒険者で魔導師だ」

俺が名乗り返すと、彼女は驚き「……ルケニア?」と口元で呟いた。

一方俺も考える。シーラが言ったトラテム王国と言えばルケニアの隣国だ。

もし、トラテム王国から来た彼女が、ルケニアから来た俺と同様に深淵ダンジョンの洞窟を抜けてきたのなら、以前考えた『すべての通路は繋がっている』という説が合っていることになる。

彼女の身なりの良さからして犯罪者ではなさそうだが、深淵ダンジョンにいる経緯について話を聞きたいところ。

「改めてピート、このたびは私を助けてくれてありがとうございます」

シーラは腕を抱くと滝に落ちた時のことを思い出したのか顔を青ざめさせた。

「たまたま釣りをしていたら、シーラが流れてきたんだ。それにしても蘇生できてよかったよ」

あの時彼女は息をしていなかったので、本当に良かったと思い出すと溜息が出る。

ここまで双方の認識に誤りはない。どちらも真実を告げているからか、シーラは徐々に俺への警戒を解き始めた。

「やっぱり、あなたいい人ね？」

「ん？」

彼女はそう言うとじっと俺を見つめてくる。その宝石のような綺麗な瞳に一瞬ドキッとしてしまった。

「見ず知らずの私を助けておいて、心底安心した顔をしているもの。私、たくさんの人を見てきたから、下心があるかどうかすぐ見抜けるのよ」

そう言って自信満々に振る舞うシーラに俺は気圧《けお》されてしまった。

「べ、別に……あの状況なら誰だって助けるだろ」

自分の力で救える命があるのなら救ってやりたい。それは人として当然の考えなのではないかと思った。

「そんなことはないわ。人間は極限状況でこそ本性が出るの。普段は良いことを言っておきながら、いざ不利になると手のひらを返す」

シーラは悲しそうな顔をすると、何かを思い出したかのようにそう言う。

「それに、その小型モンスターもあなたに懐いてるじゃない？」

「フォグのことか？」

『キュウ？』

名前を呼ばれたからか顔を上げるフォグ。俺の膝の上で眠っていたのだが、こいつの存在が俺とシーラの緩衝材のような役割を果たしてくれていたのかもしれない。

「フォグちゃんっていうのね。最初はどうしてモンスターが一緒なのかと思ったけど、この子も私と一緒であなたに命を救われたのよね？」

それぞれ状況は違うが、確かにどちらも放っておけば死んでいただろう。

「深淵ダンジョンに逃げ込んで、護衛を失って、モンスターに襲われ、滝に落ちた時は死んだかと思ったわ。ピートが悪人だったら今頃こうしていない。ありがとう」

真剣な瞳を俺に向けると、頭を下げるシーラ。所作が洗練されていて、育ちの良さがうかがえる。

「俺は、できることをやっただけだ」

飾らない感謝の言葉に、俺は返事をする。

すると俺の返事を聞いたシーラはきょとんとした表情を浮かべると、

「ピート、あなたって素直じゃないって言われないかしら？」

「……さあな、ソロ冒険者だから人とあまり関わらないようにしている」

ドキリとするような親しげな笑みを向けてきたので、ついつい視線を逸らしてしまう。

肝心のシーラは、首を傾げて不思議そうな顔をしているのだが、こうして元気な姿を改めて目にすると、彼女はそこらでは見かけない程美しい容姿をしているのだと気付いた。

「ところであなたに一つ聞きたいことがあるのだけど……」

シーラはそう言ってから、「いいかしら？」と確認した。

「あなたは犯罪を犯すタイプではないと思うのだけど、どうしてここに入れられたの？」

やはりこんな場所にいるからにはこちらのいきさつも気になるのは当然か……。

「俺が所属していた冒険者ギルドのギルドマスターに罪を捏造《ねつぞう》されたんだ。ダンジョン内で俺が他のパーティにモンスターを擦り付けたと言ってね。実際のところ、今回深淵ダンジョンに入る犯罪者の数が足りなかったんじゃないかと思っている」

信じてもらえないかもしれない。これまでも訴えたが、誰一人聞く耳を持たなかったから。

ところが、顔を上げてシーラを見ると……。

「そんな非道が……許せないわね」

彼女は憤りを見せていた。

「信じて……くれるのか？」

「命の恩人の言う言葉を疑う程腐ってるつもりはないもの」

当然のように答えるシーラ。今なら話の流れでこちらも聞きたかったことを確認できそうだ。

「そう言うシーラはどうしてここに？」

俺とて彼女が犯罪をしてここに来たとは思っていない。先程ポロッと漏らしたが、追われていてやむをえず深淵ダンジョンに入ったようだからだ……。

「わ、私は……色々あって、追われている間に深淵ダンジョンの入り口が開いたから逃げ込んできたの」

「その色々を聞いてるんだが……」

話せないこともあるのだろうが、追っ手がいるのなら知っておきたい。

俺がそう言うと、彼女はハッと顔を上げる。

「犯罪はしていないわっ！　信じてっ！」

「ああ、その点については信じるよ」

これ程正直な彼女が俺を騙《だま》しているとすれば、その時は俺の見る目がなかったということなのだろう。

「あ、ありがと……」

俺の言葉に、彼女は恥ずかしそうにした。

「それで、それぞれの出身がルケニアとトラテムということだったけど……」

互いに犯罪者ではないと認識できたのなら、話題を変えて建設的な情報交換をすべきだろう。

俺がそう考え、切り出そうとしていると……。

――グゥウウウウウウウ。

何やらお腹のなる音がした。

考えてみれば、俺は昨晩しっかり食事をしたが、高熱で意識がなかった彼女は結構長い時間食事をしていない。

顔を真っ赤にするシーラを見た俺は、

「まずは飯にしようか」

そう彼女に提案するのだった。

6

石の部屋から出て表で食事をする。

とはいっても、出せる物は果物と焼き魚くらいなのだが、シーラは無言で料理を食べ続けた。

「いや、いい食べっぷりだったな」

『キュルルン』

彼女が食事をする間、俺はひたすら料理に徹していたのだが、一体その細い身体のどこに入るのかというくらい食べた。フォグも驚いているらしい。

「し、仕方ないじゃない……まともに食事を摂るのは久しぶりだったんだから」

洞窟を出て森を彷徨《さまよ》ったところまでは俺と同じなのだが、シーラは食べられる物の見分けがつかなかったらしい。手持ちの食糧が尽きたあとは飲まず食わずで歩き回っていたらしいので、この食べっぷりも仕方ないだろう。

ある程度腹が膨れたからか、地面に散らばっている魚の骨と果物の皮を見た彼女は気まずそうな顔をするとチラチラと俺に視線を送ってくる。

「別に悪くはない、まだ病み上がりなんだからしっかり栄養を摂らないとな」

『キュウキュウ』

俺がそう言うとフォグも同意した。

「でも、何があるかわからないわけだし食糧は貴重でしょう？　役に立つかどうかわからない相手に施す余裕なんてないんじゃないのかしら……」

シーラは不安そうな表情を浮かべるとそう言った。膝に置いている手が微かに震えていることから、拒絶の言葉をおそれているようだ。

確かに、洞窟で俺は犯罪者に食糧を奪われ空腹の中で森を彷徨った。人間は極限状態ではどれだけでも残酷になる生き物だ。

それでも、俺は人としての優しさを失いたくはない。

「すぐそこに川もあるし、果物は蓄えてるからシーラが食べる分くらいなら気にしなくて平気だぞ」

「ピートがそう言うのならそれでもいいけど……」

まだ納得していない様子を見せる彼女に俺は苦笑いを浮かべると、今後について話をしなければならないと思った。

「シーラはこのあとどうするつもりだ？」

「えっ？」

質問をすると、彼女は意表をつかれたような顔で俺を見る。

「成り行きでこうして一緒に食事をしてはいるが、俺たちは仲間というわけじゃない。出身国も違えばこのあとの目的も違っている」

俺の目的は外の世界への脱出だ。外に出たあとは不当に俺を犯罪者に仕立て上げた冒険者ギルドに罪を償《つぐな》わせたいと考えている。

シーラにも事情がありそうなので、彼女がどうしたいのかを今のうちに聞いておきたかった。

「いきなりそんなこと言われても困るわ……護衛の人たちもいなくなってしまったし……一人でこの中を生きるのは……」

ところが彼女は早合点したのか、俺に見捨てられると解釈したようだ。

「別に無理して一人で行動をする必要はないが、見知らぬ男と一緒に行動をともにするのは嫌だったりしないのか？」

「正直、異性と二人きりというのは不安になるわ。でも……」

彼女は言葉を濁すとチラリと俺を見る。

「でも？」

「ピートは命の恩人だし、嫌じゃない」

その言葉を聞いて安心する。

俺の内心も似たようなもので、女性と行動するのに不安がないわけではないが、彼女は嫌いじゃない。

俺が犯罪者でないとすぐ信じてくれたこともそうだが、言動から悪い人物ではないというのがわかるからだ。

「でも……私って何もできないから……。これまでも護衛の人たちに助けてもらってきたわけだし」

彼女の口から出るのは自分の不甲斐ない部分について。

だが、この深淵ダンジョンで生活しようとするなら、一人よりは二人のほうが良いに決まっている。

「俺だって何でもできるわけじゃないし、シーラにしかできないこともあるはずだよ」

この深淵ダンジョンで生き残るにはきっと一人の力では足りない。

「だから、シーラ。互いに助け合わないか？」

シーラは驚き目を大きく見開いた。

「別にずっと一緒に行動しろとは言わないさ。はぐれた者と合流したら別れてくれても構わないぞ」

あくまで一時的に組むだけだ。

「ピートがそう言うのならそれでもいいけど……」

どうにか納得したのか、シーラは表情を崩した。その顔を見て俺は一瞬表情を緩める。

「あっ、でも、エッチなのは駄目だからね？」

彼女は真剣な顔をするとキッパリとそう言った。

「えっ？」

思いもよらぬ言葉に、俺は間抜けな表情を晒してしまう。

「ふふふ、冗談よ」

彼女は口元に手を当てると笑顔を見せた。

「あのなぁ……」

冗談にしてもタチが悪い。そんなつもりはなかったが、今ので一瞬意識してしまった。

「ピートはそんなことしないって信じてるから、私も提案を受け入れることができたんだし」

信頼には応えなければならない。たとえどんな状況だろうと彼女に手を出さないように自分を戒《いまし》める。

「……それじゃあこれからよろしくな」

「ええ、こちらこそよろしくね」

『キュキュッ！』

俺とシーラは握手を交わし、フォグがそこに手を乗せると、俺たちは一緒に行動をすることにした。

「さて、一緒に行動するとなったらまずどうするか相談をしようか」

「そうね、私たちまだお互いに何ができるかも知っていないわけだし……」

向き合って会議を続ける。

「ピートは魔導師なのよね？　この石造りの部屋もあなたが作ったのよね？」

「ああ、シーラの体温が低くて危険だったからな。急いで作ったからそのうち崩れると思うが……」

急拵《きゅうごしら》えだったので雑に作ってある。バランスも悪いし強度も足りていないので時間経過で壊れてしまうだろう。

「私たちに必要なのって、まずは生活環境じゃないかしら？」

「というとシーラは何が必要と考える？」

主に生活環境と言っても俺とシーラでは必要な物が違っている。

俺みたいな冒険者は大きい布があればそれだけでテントを張って寝所にできるし、身体を清潔に保つのも布一枚あればできる。

料理は適当に直火《じかび》で炙《あぶ》るか石を熱して焼くなど大雑把《おおざっぱ》だ。

俺の質問に、彼女は口元に手を当て考え込んだ。

「まずは家かしら？」

「まあそうだよな」

この深淵ダンジョンはわりと気温が低い。特に夜から朝方にかけては冷え込むので、体調を崩さずにすごすためには家が必須となる。

問題はどのような材質で作るかなのだが、大岩が見当たらないので、他の材料を使うことになる。

「ログハウスくらいしか作れないんだけどそれでもいいか？」

「十分すぎるわよ。ここまでずっと野宿だったんだから、屋根があって雨風を凌《しの》げるだけでも文句はないわ」

これまでの道中苦労したのがうかがえる。

「なら、俺がログハウスを作るよ」

「ピート一人で大変じゃない？」

シーラは自分も手伝うとばかりに確認してくるのだが……。

「平気だよ。俺にはこれがあるからな」

杖と頭のサークレットを指差した。

「それ、何か凄そうな力を持ってるみたいだけど、もしかして神器？」

「その通りだよ」

まさか一発で当ててくるとは思わず驚いた。

「深淵ダンジョンの中で発見したんだ。俺が無事ここまで来られたのはこいつのお陰だな」

「へぇ、いいなぁー」

神器を持っていると告げたにもかかわらず、シーラの反応はそれ程変わらない。犯罪者どもならまず間違いなく奪う機会をうかがうはずなのだが……。

「じゃあ、私は何をすればいいかしら？」

ログハウス作りを免除したので、シーラは自分が何をするべきか悩み始めた。

「俺たちの生活を安定させるのに次に必要なものがあるだろ？」

「えっと、食べ物よね？」

俺が何を言いたいのか即座に察して答える。

「一応、数日分の食糧は用意してあったはずなんだけどさ、さっきなくなったんだ」

「うっ……ごめん」

ほとんど自分で平らげてしまったのを思い出したのか、気まずそうな顔をする。

「そこの川で魚が釣れるから、フォグと一緒に釣りをしてくれないか？」

俺がログハウスを作っている間に食糧を集めてくれるなら、作業が分担できて都合が良い。

「わかったわ。フォグちゃんと一緒に頑張る」

『キュ！』

シーラはフォグを抱きしめると、嬉しそうにそう返事をするのだった。

★

森の奥へと入っていき、周囲を見回す。近くに生き物の気配もなく、ここなら派手に魔法を使っても大丈夫だろう。

「なるべく同じサイズの木を使いたいからな」

ここにある木はまっすぐ生《は》えているし、長さも申し分ない。

俺は杖を構えると、早速斬ることにする。

「ウインドカッター」

威力を増幅した風の魔法を四方に放つと、周囲にある木が斬れ一斉に倒れた。

――ズズズンッ。

振動とともに、木の上にいたであろう鳥たちが飛び去っていく。

「さて、このままだと運ぶのに苦労するわけだが……」

ちょうど先日、荷物を運ぶのに最適な魔法を覚えている。

俺は倒れた木に触れながら魔力で印を付けていく。あとはログハウスを建てる場所に引き寄せればよいだけ。

森に入ってからものの十数分で河原まで戻ると、シーラがキョトンとした顔で振り向いた。

「あれ、ピート。もう戻ってきたの？」

『キュウ？』

仲良くしていたようで、シーラの膝の上に乗ったフォグが首を傾げる。

「ああ、木を斬るだけだからな、魔法を使えばそんなに時間は掛からないよ」

「んん？　でも、手ぶらよね？」

何が何やらわからないという声を出すシーラに、実演してみせた。

「アポーツ」

すると次から次に横倒しになった木が現れ、河原に並んでいく。

「嘘……」

その光景に、シーラは釣りをするのを忘れ、ポカンと口を開けていた。

「この遺失魔法のアポーツは魔力で印を付けた所有物を手元に引き寄せることができる。こうしておけばわざわざ運ばなくてもどうにかできるって寸法さ」

「遺失魔法って……ピート凄すぎるわよ」

彼女は尊敬の眼差しで俺を見るのだが、大賢者のサークレットと破邪の杖の効果によるところが大きいので、増長するつもりはない。

「あとは枝を落として、遺失魔法のドライで乾燥させて長さを切り揃えて組み上げていくだけだから、今日一日で終わるとは思うよ」

連続して魔法を使うと流石に疲れてくるが、目をキラキラ輝かせているシーラを前に弱音を吐くわけにもいかない。

俺は黙々と作業を続ける。しばらくの間、没頭していると……。

「何か……手慣れてるわね？」

『キュキュ？』

シーラとフォグが様子を見に来た。今は土台を用意して床に使う木材を用意しているところ。全体の作業で言えば三割くらいの完成度だ。

「昔、孤児院を直す手伝いをしたことがあってな」

あの頃は棟梁《とうりょう》の指示に従って魔法を使い、すぐに魔力切れを起こしていたのだが、成長したものだと思う。

シーラとフォグが釣りをしに戻ると、先程から乾燥させておいた丸太をアポーツで定位置に移動させながら組み上げていく。

数時間後、多少歪ではあるがログハウスが完成した。

「ふぅ、流石に疲れたな……」

いくら破邪の杖があるとはいえ、細かい操作を連続してし続けたせいか思っているよりも消耗している。

「凄い凄い！」

『キュキュキュー！』

隣ではシーラとフォグがはしゃいでおり、喜ぶ姿を見れただけでも良かったと思った。

「そっちはどうだった？」

シーラに本日の成果を確認してみると、

「こっちも結構いっぱい釣れたわよ」

籠いっぱいに入った魚を見せてきた。

「うん、良く育った美味しそうな魚だな。食べきれない分は燻製《くんせい》にするか」

「燻製って、煙で燻《いぶ》して保存できる状態にするのよね？　私もやってみたいわ」

亜空間の腕輪に入れておけば新鮮なまま保存することも可能なのだが、万が一のことを考えて加工しておいたほうが良いだろう。

「じゃあ今日はもう遅いから、明日になったらやるとしようか？」

「うん、お願いね」

『キュキュッ！』

俺の提案に、シーラもフォグも同意してくれた。

7

「ふわぁ、木の良い香りがするわね」

ログハウスに入るとシーラは中を見渡した。

「丸太を乾燥させて削ったからな」

床に木材を使っているのでその匂いが室内に充満している。

「見ての通り、完成を優先させたから中はまだ家具ができてないんだ」

流石に一日でそこまで作るのは時間も魔力も足りなかった。

「これだけでも十分凄いわよ。お疲れ様」

特に不満はないのか、シーラはそう言って俺を労《ねぎら》った。

「それにしても、結構中は広いのね」

「まあ、広いほうがいいかと思ってな」

あまり狭いとシーラも嫌だろうと考えた。同じ部屋で寝るのは仕方ないにしても、広ければそれだけ距離を取ることができる。

「さて、今日は疲れてるだろうし寝ようかと思うんだが……」

夜が更けているので特にすることがあるわけでもない。昨晩は外で見張りをしていたのでゆっくりと休みたい。そんなことを考え提案してみたのだが……。

「ねぇ、ピート」

「ん？」

シーラはもじもじすると恥ずかしそうに俺を見た。

「汗を掻《か》いちゃったから身体を拭きたいんだけど……」

「ああ、了解」

冒険者はわりと気にしないが、育ちの良いシーラは汗をスッキリさせないと眠ることができないのだろう。

それならばお湯を出してやろうかと杖を手に取ったところで、大賢者のサークレットが反応した。

「ど、どうしたの？」

「いや、実はちょっと面白そうな遺失魔法があったもんでな」

「どんな遺失魔法なの？」

首を傾げるシーラに俺は魔法の効果を説明してやる。

「バブルウォーターっていうんだけど、泡が湧き出る水で、身体の汚れを落とすのに使えるらしい」

「そんな魔法を使ったらピートが疲れたりしないの？　今日一日散々魔法を使っていたじゃない」

「まあ、わりと疲れてるけど、なかなか面白そうな魔法だから試しておきたいかな」

生活魔法の一種なので、そこまで魔力を消耗しないだろう。

「じゃあそれ、お願いできるかな？」

彼女は申し訳なさそうな顔をすると俺に頼んできた。俺は手作りの桶《おけ》を用意すると、魔法を唱えた。

「バブルウォーター」

次の瞬間、桶にポコポコと泡立った水が出現した。

俺はそれに手を突っ込んで具合を確認する。

「泡が纏《まと》わりついて弾けて妙な感触がするな」

「へぇ、面白いわね」

シーラも横から桶に手を突っ込むと楽しそうにした。

『キュウ？』

フォグは横で鼻をひくつかせ泡の匂いを嗅いでいる。何やらいい匂いが泡からしていた。

「早速使わせてもらうわね」

「ちょっと待って」

桶を持ち上げようとしているシーラを俺は止める。

すると彼女は首を傾げ俺を見た。

「病み上がりに水だと体温が下がるだろ？　温めておくから」

杖を使わずヒートの魔法で水を温めた。熱すぎずちょうどよい温度で魔法を止める。

「ありがとう」

「それじゃあ、俺はしばらく外に出てるから」

『キュキュ！』

汚れを落とすということでドレスを脱ぐことになる。その間はログハウスの中にいないほうがいいだろう。

　俺とフォグは玄関へと向かう。

「ありがとう、ごめんね？」

「いいっていいって」

　申し訳なさそうな顔をする彼女に手を振ると、俺は外で時間を潰すことにした。


「それにしても、外は結構寒いんだな」

　中でシーラと話している間にも外の気温は下がり続けていたようで、室内にいた分余計寒さを感じる。

「どうせなら、俺たちも身体を洗っておくか？」

『キュキュ！』

　フォグに聞いてみると同意の鳴き声を上げた。

「せっかくだし、風呂を作ってみるか？」

　俺はログハウス裏手の河原に魔法で石の浴槽を作った。

　そこにバブルウォーターで泡水を溜め、火球を放り込んで温める。

「よし、準備できたし入るとするか」

　装備一式を亜空間に放り込むと、俺は風呂に浸かった。

「これは……気持ちいいな……」

全身に細かな泡が纏《まと》わりついて肌を刺激する。

泡が身体の汚れに吸い付いて弾けているのか、身体がじんわりと温まると同時に綺麗になっていくのを感じた。

河原ということもあり、水の流れる音が耳を打つ。浴槽に身体を預け見上げると真っ暗な闇が目に映る。

日中は明るくなり夜は暗くなる。自然現象なのか魔法による技術なのかどちらなのだろう？

そんなことを考えながら風呂に入り寛《くつろ》いでいると……。

『キュウーン』

フォグが寂しそうに鳴いていた。

「フォグ、おいで」

『キュキュッ！』

俺が呼ぶと浴槽に飛び込んでくる。

『キュキュキュウウウ』

「わっ、爪を立てるな！」

泳げなかったからか、バタバタと暴れるフォグを俺は抱きしめる。

「ほら、これなら溺れないだろ」

落ち着きを取り戻したフォグは、湯船に毛を浮かべると気持ちよさそうに目を細めた。

『キュフ～キュフ～』

気持ちよさそうな鳴き声を出して俺に身体を委ねてきた。

「濡れると思ってたよりも身体が小さいんだな」

毛が纏《まと》まり普段よりも小さく見えて面白い。

『キュフキュフ』

安心したのか、フォグは俺に向かって鳴いてきた。

「こういうのもいいものだな」

それからしばらくの間、俺とフォグは湯船に浸かりながら泡風呂を堪能するのだった。


「何か……随分とスッキリしたわね？」

一時間程風呂で時間を潰して戻ると、シーラが待っていた。バブルウォーターで身体を拭いたようで汚れも落ちており、肌がほんのりと赤くなっていた。

「石で浴槽を作って風呂に入ったからな」

『キュキュゥ！』

「ず、ずるいわ！」

俺とフォグが返事をすると……。

シーラが抗議してきた。

「いや、だって流石に野外に一人で風呂に入らせるわけにもいかないだろ」

「そ……それはそうだけど……」

彼女は戦闘能力を持っていない。万が一身を危険に晒した時に対処できないのだ。

「そのうち、安全な方法を考えるから、な？」

確かに、ただ身体を拭くよりも風呂に入ったほうがスッキリするだろう。俺たちだけが堪能するのは申し訳ない気分になってくる。

「うん……ありがとうね」

シーラは冷静になると礼を言ってきた。

「それじゃあ、そろそろ寝るとするか」

身体も温まったし流石に眠い。

「フォグちゃん、私と寝ましょう」

『キュキュッ！』

シーラはフォグを湯たんぽがわりにするつもりらしく、抱きしめると横になった。

魔法で作った明かりを消し、俺も寝ようとすると……。

「ピート」

もう寝たのかと思ったシーラが声を掛けてきた。

「おやすみなさい」

彼女はそう言うと、それっきり無言になる。

一瞬、言葉に詰まった俺だったが、

「ああ、おやすみ」

誰かに寝る前の挨拶をするのは久しぶりだなと思いながら、心地よい眠りへと落ちていくのだった。

★

「さて、今日は昨日話したように保存食を作るとしようか」

昨晩はぐっすり眠ることができ、体力も魔力もかなり回復した。

朝食を食べながら、俺はシーラにこのあとの予定について話をしていた。

「それなんだけどさ、別にそのまま保存してもいいんじゃないかしら？」

シーラは異論を唱えるとそう思った理由を告げる。

「ピートのその亜空間の腕輪は入れた物の時間を止めることができるんでしょう？」

「まあね、ただし生き物は入らないけどな」

俺は昨日、ログハウスを作る合間に神器について彼女に説明をしている。

「だったらわざわざ手間をかけて加工しなくても食べたくなった時に取り出せばいいと思うんだけど……」

シーラは自信なさそうにそう言ってきた。

「確かにシーラの言う通り。俺に関しては亜空間の腕輪があるからいつでも食糧を取り出すことができるな」

真意を問うようにじっと見つめてくるシーラに言葉を続ける。

「でも食糧を加工することによるメリットもいくつかある」

「たとえばどんな？」

シーラの質問に俺は簡潔に答えた。

「こうして焼き魚にした状態で収納しておけば、移動中でも簡単に食事ができるから手間が省ける」

「確かに、それは助かるかもしれないわね。いつでも料理ができる環境とは限らないわけだし」

亜空間の上手い使い方を提示したことで、彼女が感心したように俺を見てきた。

「万が一、俺とシーラが離れた時にも備えておきたいんだよな。もし俺が死んだりした場合、途端にシーラは食糧が足りなくなる可能性がある」

俺たちがいるのは深淵ダンジョン内。どのようなトラブルが起こるかは体験してみなければわからない。

俺がそのことを説明していると……。

「ん、どうした？」

「そんなこと言わないでよ」

シーラは悲しそうな声を出す。

「私……もう一人になんて……」

腕を抱き呟くシーラ。彼女が仲間と離れ離れになってここに流れ着いたのを思い出す。

「ごめん、嫌なことを思い出させてしまったな」

勿論《もちろん》、死ぬつもりはないのだが、もしトラブルが起きても彼女が生きながらえるだけの用意をしておきたいと伝えたかった。

「ううん。私のこと考えてくれてたんでしょ？　ありがとう」

シーラは顔を上げるとお礼を言う。

「ねぇ、ピート。お願いがあるの」

「何だ？」

真剣な瞳を俺に向けてくる彼女から目を離さず見続ける。

「ピートは、勝手に私の前からいなくならないで」

手が震えているのが見える。

俺はそんな彼女の手を握りしめると、瞳を覗き込みながら言った。

「ああ、絶対にシーラを置いていなくなったりしないよ」

しばらくの間見ていると、彼女は顔を真っ赤にすると目を逸らしてしまった。

そして俺の手を振り解《ほど》きフォグを抱きしめると、

『キュ？』

「わ、私顔洗ってくるから」

河原へと走っていってしまった。


「うーん、燻製を作る前に一工夫しないといけない部分があるんだよな……」

シーラに燻製の準備のため魚の下処理をしてもらっている間、俺は魔法について頭を悩ませていた。

それというのも、ここにきて魔法の取り扱いで不便を感じていたからだ。

通常の魔導師は地水火風の四属性の魔法を扱うことができ、その時々で威力を調整して使っている。

水を出す場合はコップ一杯から出せるし、火をつける場合は薪に着火するくらいの威力まで絞る。

ところが、それは普通の杖を使っての話で破邪の杖を使う場合は別になる。

「大威力は小威力を兼ねないんだよな……」

手に持っている破邪の杖はあらゆる魔法の威力を十倍まで引き上げてしまうので、微妙な魔法を使おうとしても細かな調整などできない。

「一応、杖なしでも簡単な魔法は使えるが……」

つむじ風を起こしたり、火種を用意するくらいならできるのだが、杖がある時と比べて魔力の無駄が大きすぎる。

この深淵ダンジョンで生きていくためには、いかに効率よく魔力を扱えるかが重要になってくるに違いない。

「何か方法はないものか？」

俺は何か良い知識がないかと、大賢者のサークレットから知識を引き出すと……。

「なるほど、これは最適かもしれないな」

ちょうど良い魔法が見つかった。

「それにしても付与魔法まで扱えるとは、大賢者は本当に凄かったんだな……」

現代に再現されている遺失魔法の一つに、エンチャントというものがある。これは魔法を道具に付与することで魔導具として利用するものだ。

現代でも極少数の付与師が存在しており、魔導具の製造を行っている。

付与に必要なのは魔法を封じ込める媒体とエンチャントの魔法を扱う技術。技術に関しては大賢者のサークレットから伝わってくるので問題ない。

それどころか、多種多様な魔法を扱えるので、付与できる魔法の種類も多く、これを活用すれば相当豊かな暮らしを送ることができるのではないかと考えた。

魔法を封じられた魔導具は任意のタイミングで力を解放することができる。

あらかじめ水や火や風の魔導具を用意しておけば、必要なだけの水や火種や風を出すことができる。

「必要になるのはまず、魔導具の本体となる物と……媒体か」

本体に関しては媒体を嵌め込めるなら何でもよい。媒体に関しても幸運なことに既に手に入れている。

俺は早速媒体を取り出すと、魔法の付与を始めるのだった。


「ピート、何してるの？」

『キュウキュウ？』

シーラと、彼女の肩に乗ったフォグが戻ってきた。

どうやら魚の下処理を終わらせたようで、離れた場所にはひらかれた魚が並んでいるのが見える。

「うん、とりあえず燻製の準備をしてたところだな」

「準備って、まだ火を起こしてないじゃない？」

シーラは首を傾げると、俺の前に置いてある物を見た。

土台は石で、そこから上には木で組んだクローゼットのような物が鎮座している。簡易燻製機というやつだ。

「とりあえず、魚を引っ掛けて吊り下げよう」

俺とシーラは燻製機に魚を吊り下げた。

「火起こしはどうするの？」

作業を終えシーラが質問をすると、俺はニヤリと笑った。

「まあ見ててくれよ」

懐《ふところ》から取り出したのは銀色に輝く小さな金属の欠片《かけら》だった。

俺はその欠片に意識を集中させると、込められている力を解放した。

——ボッ。

「凄いわ、詠唱もしていないのに一瞬で火が出た！」

『キュキュ!?』

木の枝に燃え広がり煙が上がる。

「ケホケホッ……煙で目が染みるわ」

どうやら風向きがこちらに向いているらしく、シーラは目を閉じて咳き込んでいた。

俺はもう一つの金属の欠片を取り出すと、風を起こした。

「あれっ？　急に風向きが変わったのかしら？」

シーラは不思議そうな表情を浮かべた。

「もしかして、ピートが何かしたんでしょう？」

彼女は確信した様子で俺に質問をしてくるので、今使った物を見せてやる。

「これは何？」

「今の火も風もこれで起こしたものなんだ」

『キュウ？』

首を傾げているシーラたちに俺は種明かしをした。

「これ、魔導具なんだ」

「ええっ!?　魔導具ってあの!?」

驚く様子の彼女に頷いてみせる。

「ちょっと、ピート。魔導具なんてそう簡単に作れるものじゃないでしょう！」

魔導具が貴重な品であるということを知っているのか、シーラは予想以上に良い反応をしてくれた。

「そうなんだけど、この大賢者のサークレットから得られる知識の中に付与魔法があったからな」

相当な技術と魔力が必要なのだが、破邪の杖の効果もあってかそれなりの労力で作ることができた。

「この小さな金属に付与なんてできるの？」

シーラは俺の手にある金属を指で突《つつ》く。

「ああ、それミスリルだから」

「ミ、ミスリルって⁉　魔力伝導率が高い希少金属じゃない！」

それだけに付与の媒体として優れているので、設備がなくてもなんとかなった。

「一体、ミスリルなんてどうやって手に入れたの？」

「このダンジョンに潜った時にミスリルゴーレムと遭遇したんだよ。倒したら残骸が残ったから、亜空間に収納しておいた」

中途半端な魔法が通じない相手だけに消耗したが、あの時の苦労があったからこそこうして媒体を手に入れることができたので、今では良い遭遇だったと考えている。

「シーラ、この魔導具を渡すから、ここで見張りを頼んでも大丈夫か？」

魔導具さえあれば一般人でもある程度魔法を操ることができる。

「ピートはどうするの？」

彼女は首を傾げると俺が何をするつもりなのか聞いてきた。

「今のうちに果物を採ってこようかと思ってな」

「昨日の夜に食べたやつかしら？　美味しかったわよね」

あまりストックがないので在庫を増やしておきたい。

数日前に小さかったのがそろそろ育っているはずなのだ。

「そういうことなら任せてちょうだい」

シーラは胸を張りそう言うと、燻製機を見始めた。

「もし何かあったら、火の魔導具の力を空に解放してくれ」

音がすればこちらも気付くので、急いで駆けつけることができる。

「それじゃあ、なるべく急いで戻るから！」

俺はここを彼女に任せると、森へと入っていくのだった。

8

シルバーボアは人間の肉の味を知っていた。

これまで多くの犯罪者が投獄され、森までたどり着いた。シルバーボアが口にしたのはそこで狩った人間の肉。

森に棲《す》む獣と違い、程よく肥《こ》えていてそれでいて柔らかい肉。シルバーボアはまたその肉を食べたいと思っていた。

そんなことを考えながら数年が経ち、シルバーボアは森が騒がしくなっていることに気付いた。

獣が警戒し、鳥が飛び去っている。遠く離れた場所で懐かしい匂いの生き物が移動しているのを感じた。シルバーボアはその匂いに覚えがあった。柔らかく美味しい肉を持つ生き物だ。

四肢で地面を蹴って向かった先には華奢《きゃしゃ》な身体をした人間の女がいた。

シルバーボアは久しぶりに見る人間に興奮し襲い掛かった。

ところが、久しぶりの御馳走に冷静でいられなかったからか、シルバーボアはミスをした。

獲物を追い込むのなら気取《けど》られずに一撃で仕留めなければならないのに、見つかってしまったせいで逃げられ川に落ちてしまった。

見ての通り巨体のシルバーボアは水の中で自由に動くことができない。

せっかくの御馳走は、そうこうしている間に滝に落ちて消えてしまった。

ありつけるはずだった御馳走を食べられないのは許せない。

肉に対する執念が身体を動かし、シルバーボアは獣道を通り下流まで降りると肉の匂いをたどり始めた。

★

「それにしてもいい天気ね」

上を見上げたシーラはそんな言葉を漏らした。

天井を見上げると光のようなものが見える。

この深淵ダンジョン全体を照らしており、まるで太陽のように暖かさを運んでくる。

夜になると光は消えるのだが、どのような仕組みになっているのだろうか？

『キュキュ』

フォグが目の前で燻される魚を食べたそうに周りをうろうろしていた。

「駄目よ、フォグちゃん。まだ完成していないんだから」

シーラはフォグを抱き寄せると頭に手を乗せる。最初はジタバタと動いていたフォグだが、バランスの良い位置を見つけるとそこで動くのをやめた。

「ふふふ、本当に可愛い」

寝る時も抱いて寝て、今もこうして傍にいてくれる。

この広い深淵ダンジョンに一人ぼっちだった時と比べると、とても安心することができた。

「ピートもこの愛らしさに絆《ほだ》されたのかしらね？」

頭上に手を伸ばすと、フォグは鼻を近付け匂いを嗅ぎペロペロと舐める。

「くすぐったいわ！」

処理した魚の匂いが残っていたのか、食い意地が張っている。

「ピート一人で大丈夫かしら？」

ふとした拍子にピートのことを考えてしまうシーラ。出会ってからずっと頼りっぱなしにしているので、何か恩返しをしたいと思うのだが、今の自分にはできることが少ないので情けなくなってくる。

ピートは神器を四つも保有しているのでよほどのことがない限りは大丈夫だと思うのだが、見ていて甘い部分があるように感じる。

初対面のシーラを信用して神器の能力を明かしたこともそうだし、彼女のことを気にかけて色々段取りを組んでいるあたりお人好しなのが見て取れる。

もし同じような境遇を名乗る相手が現れたらあっさり騙されてしまうのではないか？

「でも、助けてもらってる身でそれを指摘するのもね……」

それで彼が考えを変えて、自分が排除されるのもそれはそれで怖い。

「結局、私のほうが彼を信用しきれていないだけかぁ」

ピートはシーラが知っている城中の男たちとは違い、とても紳士的に彼女に接してきた。

着替えをする時は必ず部屋から出るし、不自由がないように気配りしてくれる。彼はシーラが嫌がることを一切しない。

「私だって信じたい……でも……」

トラテムでは多くの人間と関わってシーラは生きてきた。親しげな笑みを浮かべる者もいれば疎《うと》ましげな視線を向けてくる者も……。

自分を追いかけてきたのは親しい笑みを浮かべていた者たちだった。それが彼女のトラウマになっている。

「どうすれば、彼ともっと親しくなれるかな？」

裏切られるのは怖い。いっそピートを篭絡《ろうらく》することができれば身の安全を保障してもらえる。そうすれば自分は怯えることなく……。

そんなことを考えていると、

『ギュルルルルル』

「どうしたの、フォグちゃん？」

突然フォグがうなり声を上げた。

——ガサリ。

茂みを掻き分ける音が聞こえたシーラはてっきりピートが戻ってきたのだとばかり思ったのだが……。

「ど、どうして……ここに！」

現れたのは二本の牙を持つ大きなモンスターだった。

★

「さて、大分《だいぶ》果物も回収できたな」

目論見《もくろみ》通り、目印を付けていた木を見てきたピートは大量の果物を入手するとログハウスへと戻ってきた。

「これならシーラも喜ぶだろう」

深淵ダンジョンで確保できる食糧は今のところこの果物と川で釣った魚くらいだ。

連続して魚を出した際、シーラの表情が浮かなかったのをピートは見逃さなかった。これならばシーラも喜んでくれる。そう考えて河原に戻ったのだが……。

「ただいまー。あれ？」

河原にシーラとフォグの姿がなかった。

「どっかで釣りをしてるのか？」

ログハウス内にも人の気配はなく、河原にも見当たらない。

燻製機が倒れていて、焚き火に落ちた魚が焦げて嫌な臭いを漂わせている。

「何があった？」

慌てて周囲を見渡すと、森の草花が荒れており巨大な何かが通った形跡を発見する。

このような巨大な生物にピートはまだ遭遇したことがなかった。

現場の状況と照らし合わせると、よくない想像が浮かぶ。

「まさか……シーラ！」

ピートは慌てると、空に浮かび、必死にシーラの影を捜すのだった。

★

「はぁはぁはぁはぁ……」

追いすがるモンスターからシーラは必死に逃げ続けていた。

「まさか、こんなところまで追いかけてくるなんて……」

先日遭遇した巨大モンスター、シルバーボア。銀色の毛並みに金毛が混じっているイノシシ型モンスターだ。

シーラはこのモンスターに襲われ川に落とされ死にかけた。

「かなり距離が離れてたのに……」

走って逃げながら考える。

「一度匂いを覚えたら忘れないって本当だったんだ……」

書物で読んだことがあるモンスターの特徴を思い出す。

シルバーボアに見つかったシーラは慌ててその場を逃げ出した。それというのも……。

「いくらピートでもAランクモンスターを単独で相手にできるわけない」

シルバーボアは体毛に魔法を蓄積するタイプのモンスターで『魔導師殺し』の異名を持っている。

だからこそシーラは、ピートの匂いだけは覚えさせまいとシルバーボアを引きつけ逃げ出したのだ。

『ギュウウウウウ』

先程から、胸元でフォグが唸り声を上げている。

「巻き込んでごめんね！」

シーラはフォグをギュッと抱きしめた。

「きゃあっ！」

足元がおろそかになり、木の根に足を引っかけたシーラは転び、地面に横たわった。

『ブルルルルルル』

シルバーボアが追い付き近付いてくる。

「こ、来ないでよっ！」

襲い掛かられたら自分は命を散らす。

『ボアアアアアアアアア』

「助けてっ！　ピート！」

目を瞑り、シーラが叫ぶと、

「はいよっ！」

『ブルアアアアアアアアッ！』

シルバーボアが吹き飛び、空からピートが降ってきた。

★

「ピ、ピート？」

瞬《まばた》きをして目を大きく見開いたシーラが俺の名を呼ぶ。

森の中を走り回ったからか全身が汚れており、顔にまで土が付いていた。それだけ必死に逃げたということだろう。

「なぜ合図をしなかった？」

俺がきつい言葉で問い詰めると、シーラは泣きそうな顔をしながら叫んだ。

「だ、だって！　あんなモンスターに勝てるわけないじゃない！」

視線の先にはシルバーボアが怒りを抱いて立っている。今の不意打ちもさほどダメージがなかったのか動きが鈍ってはいない。

「Aランクモンスターのシルバーボアか……」

「知ってるの？」

俺が一目でモンスターの正体を看破したことに驚いたのか、シーラは声を上げる。

「以前、知り合いのSランク冒険者パーティが狩ってきたことがある」

当時のことを思い出した俺は生唾を飲み込んでしまう。

ミスリルゴーレムと同じく希少種で、当時冒険者ギルドは大いに賑わった。その時と同じ……いや、それより一回り程大きいシルバーボアが目の前に立っている。

「ああ、こいつは魔法を体毛に溜め込む性質を持っている。迂闊《うかつ》に魔法を使って反撃を受けた冒険者の話を聞いたことがあるな」

この重量の突進に加えて自分の放った魔法までその身に受けるのだ。

そんなモンスターを討伐したというのだから、知り合いの冒険者に尊敬の念を抱いていた。

あの時のシルバーボアに匹敵する衝撃はなかなかなかったからな……。

俺がそのようなことを考えていると、

「ピートだけでも逃げてっ！」

シーラは鬼気迫る声で叫んだ。

「このシルバーボアは私の匂いをたどってきたに違いないわ。今ならまだピートの匂いを覚えていないはず！」

「それが、合図を送らなかった理由か？」

何か問題があれば合図をするように言っておいたのに、俺の身を案じてのことらしい。

『ビアアアアッ!!』

シルバーボアは四肢で地面を鳴らし、俺たちに飛び掛かる隙をうかがっている。

「……こいつを焼き殺すことはできない」

魔法を使おうと杖を構えた時、それが最悪の一手だと気付いてしまった。

「そ……そんな……」

俺の言葉にシーラは絶望の表情を浮かべる。

こうしている間にもシルバーボアが襲ってきそうなので、俺は大急ぎで大賢者のサークレットの知識を探り、最適な魔法を探した。

「あのシルバーボアは私を追ってきたのよ！　危険を招いたのは私なんだから！　ピートまで巻き添えになる必要はないでしょう！」

真剣な表情で俺を見つめる。提案しておいて怖いのか、手が震えているのがわかった。

「お前を放って逃げられるわけないだろっ！」

その言葉に苛立ちを覚えた俺は、彼女に怒鳴った。

「っ!?　どうしてそこまでっ！　出会ったばかりの私に情なんてないでしょう！　あなた死ぬかもしれないのよ！」

必死に説得しようとするシーラ。このまま問答をするつもりはない。俺ははっきり言ってやることにした。

「出会ったばかりなんて関係ない！　仲間を守るために命を懸けるのは当然だ！」

「なっ……」

顔を赤くして俺を見つめ、口を開けて放心している。危険な獣を前に隙だらけだ。

『ブルルルルルッルルルルルルルルルル!!』

シルバーボアの叫び声でシーラが我に返る。俺にはその短時間で十分だった。対処する魔法が見つかった。

俺のやる気が伝わったのか、シルバーボアが地面を蹴り突っ込んでくる。たっぷり詰まった肉を揺らしながら……。

『ブルルルルルルルルルルル！！！』

「もう駄目！　おしまいよっ！」

恐怖で目を瞑るシーラをよそに、俺は杖を構えると、完成した魔法を放った。

「コールドライトニング」

『ボッボッボッボッボッボッボッボッボオオオオオォーーーーー！』

蒼電《そうでん》が杖からほとばしりシルバーボアを直撃する。シルバーボアはその場で動きを止め痙攣《けいれん》し始めた。

しばらくして、その巨体が傾き、地面に倒れるともの凄い音がして地面が揺れた。

「なななななあっ⁉」

「よし、仕留めたな」

シーラの叫び声を聞きながら、俺はシルバーボアが絶命しているか確認するのだった。

9

シルバーボアの身体を一周して状態を見る。

天井から降り注ぐ光を浴びてキラキラと輝く銀毛の美しさ、甲冑《かっちゅう》をも貫くと言われる鋭い牙、相当な大きさなので採れる肉の量はかなりになるだろう。

「刃物が欲しいところだな……この牙か歯を使って解体道具を作るか？」

アゴに手を当て、今後の段取りについて考えているとシーラが近寄ってきた。

「ピート、その……。さっきはありがとう」

顔を背《そむ》け、右手で髪を弄《いじ》りながらチラチラとこちらを見てくる。心なしか頬が赤く、もしかして体調不良をぶり返しているのかもしれない。

「こんな危険なモンスターを相手に一歩も引かず、私のこと守ってくれて嬉しかったわ」

「別に礼を言われるようなことじゃない。男が女を守るのは当然だからな」

孤児院時代、幼馴染に散々言われ続けたことだ。

もっとも、彼女たちは俺よりも強かったのでその機会は一度も訪れず、逆に守られてしまっていたのだが……。

「もう、こんな時にそんな格好いいこと言うなんて反則よ」

シーラは明後日《あさって》の方を見てそう呟く。心なしか耳が真っ赤に染まっている気がする。

しばらくして、深呼吸をしたシーラは改めて目の前のシルバーボアを見た。

「大きいわよね、これどうするの？」

どうするもこうするも、このような巨大な個体を手に入れたらすることなど決まっている。

「ひとまず、こいつも河原に運んでから解体だな」

目印を付けておきアポーツで引き寄せる。

「シルバーボアは全身無駄なく素材にできるから、シーラも解体を手伝ってくれよ？」

「う、うん。それは勿論だけど……」

目印を付け終え、ログハウスまで徒歩で向かっているとシーラが話し掛けてきた。

「ところで、さっきの魔法なんだけど凄かったわね」

「うん？　どの魔法だ？」

「空から降ってきた魔法もそうだけど、シルバーボアを倒した魔法とか」

どちらも遺失魔法なのだが、興味を持ったようなので講釈することにする。

「ああ、あれはコールドライトニングという魔法でな。電撃を発生させることができるんだ」

最初、焼き殺して倒そうかと思ったのだが、寸前で思いとどまった。

初めてシルバーボアを見たあと、狩ってきた知り合いにシルバーボアの肉を譲ってもらったことがある。

その時は焼いて食べたのだが、これまで生きてきた中であれ程美味しい肉を食べたことがないと断言できる程素晴らしい味わいだったのだ。

だが、焼き殺してしまうと、毛皮も採れなくなるし、肉だって傷んでしまう。

肉と毛を傷めずに倒す魔法を模索した結果、最適だと大賢者のサークレットが導き出したのがコールドライトニングだったのだ。

この魔法はいかずちに氷属性を纏《まと》わせることで熱を発さないようになっている。獲物を無傷で倒すのにこれ以上最適な魔法はないだろう。

「とにかく、これで食糧事情は大分改善されるぞ」

果物と魚に続いて肉を確保できたのだ。しかもあのシルバーボアともなれば期待に胸が高鳴る。

「こんなにあっさり倒せるなんて、私は何のために必死に逃げたんだろ……」

『キュキュキュウ』

後ろでシーラがぼやき、フォグが彼女を慰めているのだが、今だけは気にする余裕がない。

俺は、このあとどうやってシルバーボアを食べようか頭を悩ませるのだった。

シルバーボアの牙と爪と歯を並べる。

「アイシクルエッジ」

魔力で作り出した超硬の氷をその場に留める。これもサークレットから得た大賢者の技術の一つだ。

俺は作り出した氷にさらに魔力を込めると回転を加えた。

――ギュイイイイイイン。

高速で回転をしている。俺は杖に力を込め、シルバーボアの牙を見るとフライを掛け浮かせる。

そして、それを回転している氷へと押し当てた。

――ガガガガガガガガガ。

音を立てて牙が削れていく。しばらくの間二つの魔法を操作し形を整えた。

「ふぅ、こんなものか？」

ある程度形ができたと思ったところで牙を手元に引き寄せる。

するとそこには一本の剣ができていた。

「鍛冶師でもないし、専用道具もないからこれで十分か」

俺は近くの木の前に立つとその剣を振ってみる。

――ズズズズズンッ。

多少の抵抗はあったが、想定内の斬れ味だ。これならシルバーボアを解体するのに問題ないだろう。

「あとは爪と歯も同じように加工しておくか」

俺は剣を亜空間にしまうと残りの爪と歯もナイフへと加工していった。

「さて、これで解体道具は手に入ったな」

シルバーボアの牙などから作った武器を地面に並べ出来栄えに満足している。

「ただいま、ピート」

するとちょうどシーラが戻ってきた。

「おかえり、ちゃんと仕掛けられたか？」

「うん、言われた通りにやってきたわよ」

彼女には簡単な罠の作り方を教えてそれを家の周辺に仕掛けてもらったのだ。

誰かが近付くと簡易型魔導具により火球が上空に打ち上がるので、モンスターが近付けば一発でわかる。同じミスは二度繰り返すつもりはない。

「それにしても、凄いわね。私が罠を作って仕掛けている間にこんな物まで作ったの？」

シーラは感心した様子で解体道具を見ている。

「別に、神器があればこのくらいは誰でもできるさ」

大賢者のサークレットは様々な知識を俺に伝えてくれる。魔法だけではなく鍛冶や建築にも通じているらしく、この程度ならばどうにかできるのだ。

「私にはとても無理だけどね。やっぱり、ピートって凄いのね」

何やら熱い視線を向けられている気がする。シルバーボア討伐以来、彼女の接し方が気安くなっている気がするが、気のせいだろうか？

「とりあえず、今からこいつを解体しようと思うんだが、一人だと大変そうなんで手伝ってくれるか？」

シルバーボアは巨大なので皮を剥いだり肉を切ったりするには時間が掛かる。

「勿論。何からすればいい？」

「肉を切り分けるのはこっちでやるから、シーラはシルバーボアの毛皮を剥いでくれ」

「わかったわ」

彼女は頷くと、並べてある道具の中から小さめのナイフを手に取った。

「小さいけど切れ味は凄いからな、怪我しないように気を付けてくれよ」

「うん、ありがとう。それじゃあ、作業の邪魔にならないように、私は背中のほうから毛皮を剥いでいくわね」

「ああ、頼んだ」

加工した刃物をシルバーボアの身体に突き刺すと深く沈んでいく。

俺は亜空間のゲートを通るサイズに切り分けると次々に肉を収納していく。

「それにしても、まだ冷たいわね」

確かにシーラの言う通り。コールドライトニングによって内側から冷やされた肉と毛皮は冷たく、作業をしていると身体が冷えてくる。

「終わったらバブルウォーターで風呂を沸かすから頑張ってくれ」

「本当⁉　私、頑張るね」

シーラは嬉しそうな声を出すと、張り切って皮を剝ぐのだった。

★

数時間かけてシルバーボアの解体を終えた俺たちは、その日の作業を終えて休憩をしていた。

シルバーボアの部位を余すことなく亜空間に収納したので、後日様々な使い方をするつもりだ。

俺はこのあとに使う予定のとある魔導具を作製しているのだが、シーラは風呂に入っている。

遺失魔法のバブルウォーターを気に入っており、外の浴槽でフォグと一緒に汚れを落としている。

何気にこの時間が深淵ダンジョンでの最大の安らぎと言ってもよいだろう。

「気持ちよかったぁ」

そんなことを考えていると、吐息を漏らしたシーラが火照《ほて》った顔をして戻ってきた。

「どうだ、問題なかったか？」

「うん、周辺に警戒用の罠を設置してあるし、ピートが浴槽の周囲に壁も作ってくれたからね。とても寛げたわ」

最初は先日と同じようにしようと思ったのだが、シーラが自分もお風呂に入りたいと言い出したのだ。

念のため石壁で外を覆ってやったので問題ないだろう。

身体を洗い終えたシーラも満足そうに頬を緩めている。

髪が湿っており、頬に赤みがさしていて非常に色っぽい。思わず視線が引き寄せられてしまうが、仲間として信頼してもらうためにも彼女をそういう目で見るわけにはいかない。

俺は半ば強引に視線を戻すと、

「さて、そろそろ晩御飯にしようか」

今日の食事は普段とは一味違う。シルバーボアの肉があるのだ。

「たくさん動いたからお腹が空いたわ」

テーブルを挟んで向かい合って座る。テーブルの上に下敷を置き、その上に石のプレートを載せる。

「そんな石を置いてどうするの？」

俺が何をするつもりなのかわからず、シーラは首を傾げた。

「これから肉を焼こうと思うんだが、俺の火魔法だとどれだけ火力を絞っても肉が消し炭になるだろ？」

杖なしでは火力を強めるのが大変だが、杖がある場合今度は弱い火力にするのが難しい。

「確かにそうかも？」

シーラは口元に手を当て考えると……。

「だとしたら外で焼けばいいんじゃない？　魚を焼いたみたいにさ」

薪から焚き火を起こして焼けばいいと主張する。

「森の夜は結構冷えるからな。今の格好で外に出たいか？」

「それはちょっと……確かに出たくないわね」

シーラのドレスの生地は特に薄いので、夜に長時間外にいるのは辛いはず。

「じゃあどうするの？」

外で焼くのも駄目、魔法で火を起こすのも駄目。ならどのような方法があるのかというと……。

取り出したミスリルの欠片を石のプレートにある窪《くぼ》みへと嵌める。

「加熱の魔導具を作ることにする」

「まさか、これを魔導具にするつもり？」

俺は左手で破邪の杖を握りながら右手の人差し指をミスリルの欠片に当てる。そして付与魔法を使った。

「エンチャント・ヒート」

次の瞬間、魔力が注ぎ込まれミスリルの欠片へと吸い込まれる。

「成功したの？」

俺は頷くと、シーラに触ってみるように促した。

彼女はおそるおそるミスリルの欠片に触れると、加熱の魔導具を起動させた。

「あっ、本当に起動した⁉」

次第に石のプレートが熱くなり、少し経つと湯気が立ち上り始める。

「これで、このミスリルの欠片は加熱の魔導具になった。魔力を補充すればずっと使えるはずだ」

「一つ作るのでも大変といわれる魔導具を……こんな設備もない場所で、簡単に……」

目の前で実演したことにより驚くシーラ。

『キュ？』

フォグは興味があるのかプレートに鼻を近付ける。

「結構熱くなってるから危ないぞ」

そんなフォグを俺は抱き寄せる。

『キュキュキュウ』

フォグは俺の胸に顔を擦り付けると甘えてきた。

口を大きく開けて驚くシーラ。俺は彼女に声を掛ける。

「さて、肉を用意するとするか……」

俺は亜空間から薄切りにした肉が並べられた皿を取り出した。

「あのシルバーボアからこんな美味しそうな肉が採れるのね……。自分が食べられそうになってい

たモンスターの肉を食べるなんて複雑だわ」

先程の件が若干トラウマになっているのか、シーラは渋い顔をする。

「そろそろプレートが温まっただろうし、早速肉を焼くぞ」

俺が石のプレートに肉を並べると、ジュウッと音が鳴るとともに、美味しそうな匂いがログハウス中に広がった。

『キュキュキュキュキュ！！！！』

「凄い美味しそうな匂い！」

フォグが興奮し、シーラもプレートから目を離せなくなる。

「シルバーボアの肉はモンスター肉の中で五本の指に入るくらい美味いと言われている。実際、俺も過去に食べたことがあるが、あの味わいは言葉で表現できないくらいだぞ」

シーラとフォグは俺の言葉を聞きながら肉に視線を集中させている。良い肉には人の意識を惹きつける何かがあるのだろう。

表に火が通ったら裏返し十秒程焼く。あまり長く焼きすぎると肉汁が出すぎてしまうので、頃合いを見て肉をシーラとフォグの前に置いた。

二人と一匹で同時に焼肉を口に入れ噛む。

シルバーボアの肉は柔らかく、噛み切ると口の中いっぱいに肉汁が広がった。

「何これ、こんな美味しい肉を深淵ダンジョンで食べられるなんて……」

『キュウ～』

シーラは手で口元を隠すと目を大きく開いて肉の味を確かめている。

俺の予想通り、初めて食ったシルバーボアの肉をお気に召したようだ。

『キュキュ！』

フォグはというと、テーブルに足を乗せペシペシと叩く。早く次の肉が食べたくて催促をしているようだ。

「はいはい、次々に焼いてくから腹いっぱい食べるんだぞ」

俺は給仕をしつつも自分でも肉を食べていく。

それから数十分間、俺とシーラは一言もしゃべることなく肉を食べ続けた。


「ふぅ、夢中で食べちゃったわ」

シーラは至福の表情を浮かべると、身体を後ろに倒し楽な体勢で上を見上げる。

「あとは酒があれば最高だったんだが、流石にそれは贅沢すぎるか」

俺もこの肉には概《おおむ》ね満足しているのだが、逆にこれだけの肉を食うなら酒が欲しくなってしまった。

「こんな深淵ダンジョンの僻地《へきち》で、トラテムでも滅多に食べられない御馳走に巡り合えるなんて、不思議な感じね」

「囮《おとり》になった甲斐があったか？」

俺がからかうと、嫌なことを思い出したとシーラは俺を睨みつけてきた。

「実際のところ、ルケニアで支給された食糧は携帯食くらいだったからな」

硬いパンと、塩の効いた干し肉しかなかったので、あれと比べるのもおかしい。

「ピートは以前食べたことがあったのよね？」

しみじみと思い出していると、シーラが話し掛けてきた。

「ああ、俺の幼馴染がSランクパーティに所属していて、討伐依頼で森に入った際シルバーボアがいたから狩ってきたんだよ」

シーラに話したことで、二人の顔が思い浮かぶ。片方はからかうような顔をしており、もう片方はムッとした顔をしている。

二人が孤児院にいた頃は毎日行動をともにしていたので懐かしさを覚えた。

「その幼馴染はピートと違って神器持ってないのよね？　よく勝てたわね……」

シルバーボアのおそろしさを身にしみて理解しているシーラはそんな言葉を漏らす。

「まあ、あいつらは昔から天才だったからな」

幼少の頃から卓越した技能を有し目立っていた。

その縁もあって二人揃って引き取られていったのだが、別れる前に抱き合って泣いたのは今でも忘れられない。

最後に会ったのは俺が深淵ダンジョンに放り込まれる一ヶ月前なのだが、元気にしているのだろうか？

俺がそんなことを考えていると、シーラはプレートをじっと見て何かを考えていた。

「…………足手纏《まと》いにならないようにしなくちゃ」

何やらボソリと呟いているようだが、声が小さくて聞こえなかった。

「シーラ、どうかしたか？」

俺が声を掛けると、彼女は顔を上げる。

「ううん、何でもないわ」

彼女は首を横に振るとフォグをギュッと抱きしめた。

「何だか眠くなってきちゃっただけ」

「まあ、今日も色々あったからな」

少し表情に翳《かげ》りがあるのはそのせいだろう。

魚の下処理に燻製にシルバーボア討伐に罠の設置に解体まで。やることが多く、ほとんど休む時間がなかった。

「俺もなんだかんだで魔力を消耗している」

シーラを救うために遺失魔法を連発したので思っていたよりも魔力が減っていることに気付いた。

欠伸《あくび》をしているとシーラと目が合い笑いかけられた。

「あとは明日にしてゆっくり休みましょう」

シーラの言葉に頷くと、俺たちは床に横になり食事の余韻に浸りながら眠りに落ちるのだった。

10

ピートがちょうどシーラとシルバーボアの肉を食べている頃、ルケニア冒険者ギルドでは騒ぎが起きていた。

「ピートを犯罪者として深淵ダンジョンに投獄したって、どういうことだっ！」

ギルド内に沈黙が流れる。怒鳴ったのがこの冒険者ギルドでもっとも地位が高いSランク冒険者だったからだ。

「わ、私としても上からそう告げられただけで……」

受付嬢が震えている。無理もない、Sランク冒険者ともなれば国から多くの特権を与えられている。そんな相手の怒りを一身に受けて平静でいられるわけがなかった。

「ちっ！　それで、どういった罪状で引っ張って行かれたんだ？」

Sランクパーティ『輝きの翼』のリーダーのブレッドは頭を掻いた。受付嬢に当たったところで答えを得ることはできないからだ。

受付嬢が黙っていると、横から一人の冒険者が現れブレッドに話し掛けた。

「ブレッドさん、俺その場にいたというか……。ピートを取り押さえたんですけど」

その言葉でブレッドの後ろにいる銀髪の女剣士が殺気を放ち、剣を抜こうとする。

「ひっ⁉」

「メリッサ、落ち着け」

ブレッドが片手で制する。彼女は『雷光』の二つ名を持つ剣士で、その名の通りこれまで瞬きする程の間に敵を葬《ほうむ》る腕の持ち主だからだ。

ブレッドが止めに入らなければ、彼女の剣が冒険者の首を突き刺していた。

「続きを話せ」

メリッサの眼光に怯えながらも冒険者は当時の状況を説明する。

「俺も何かの間違いだと思ったんですけど、ピートの罪状はダンジョン内でのモンスターの擦り付けらしいです」

その言葉を聞いてブレッドは眉根を寄せる。ピートは他人に迷惑を掛けるような狩りをする人間ではなく、にわかに信じられない容疑だったからだ。

「あいつがそんなことするわけないじゃん！」

後ろで話を聞いていた少女が否定する。彼女はトレジャーハンターのメリル。ダンジョンのトラップを潰したり、持ち前の明るさで事前に情報収集をしたりする『輝きの翼』の斥候役だ。

「全財産賭けてもいいよ、あいつはそんなことしないから」

鋭利な刃物のような視線が冒険者を捉える。彼女は短剣の扱いに長《た》けている。

冒険者は迂闊な発言一つで自分の首に短剣が突き刺さるのではないかと震えた。

「誰か、その事件の目撃情報はないか？」

ダンジョン内のモンスター擦り付けは確かに処罰対象だ。だがその場合、ギルドは両者の話を聞いた上で処分を決めることになっている。

ピートを加害者とするなら当然被害者がいるはず。ブレッドはまず状況を整理しようと考えた。

「これ以上その件で騒ぐことは許さん」

ところが、周囲の冒険者から事情を聞こうとしたタイミングでとある人物がそれを遮った。

「どういうことですか、ギルドマスター？」

奥からギルドマスターが出てくる。ブレッドは訝《いぶか》しげな視線を送ると真意を問いただした。

「この件はもう決着が付いている。これ以上無駄に騒いでことを荒立てる必要はない」

ブレッドの質問に答える気がないのか、ギルドマスターはその場の冒険者に解散するように言い渡す。

「話を聞きたいって言ってるだけでしょ！　ピートが本当に擦り付けをやったならどこで誰にしたのか、明らかにしてよ！」

メリルは苛立つとギルドマスターへと食って掛かった。

「ならぬ、今回の件は被害者の意思により情報の公開をしないことになっている」

ギルドマスターの頑《かたく》なな態度に、その場にいた冒険者たちが騒《ざわ》めき出す。

「それでは筋が通らないだろう。ピートは実際に深淵ダンジョン送りにされたのだろ？　もし本当にそんなことをしたのなら俺たちはそれを知る権利がある」

ブレッドの言葉にギルドマスターは怒鳴った。

「黙れっ！　このギルドのマスターは俺だ！　俺があいつを罪人と決めたからにはそれが真実なのだ！　ごちゃごちゃと文句を言うなっ！」

「……話になんない。私、ちょっと深淵ダンジョンに入ってピートを助けてくる」

これ以上相手をしている時間が惜しい。メリルはきびすを返すと出て行こうとするのだが……。

「勝手な行動を取るな！　ギルドマスター権限でお前たちの活動を制限するぞ！」

もし制限を受けると、仕事に支障をきたす。

「落ち着けメリル」

ブレッドはメリルの肩に手を置くと冷静になるように注意する。

「でも、ブレッド。ピートがあの深淵ダンジョンに一人きりなんだよ？」

メリルの瞳が揺れる。子どもの頃から苦楽をともにした幼馴染が不当に投獄されたのだ。いてもたってもいられるはずがない。

「あいつのことだ、そう簡単にくたばるとは思わないさ。それに既に投獄されてから数日経っている。この国の扉はとっくに閉まっているはずだろ？」

ピートに無実の罪を着せた最大の理由は投獄する犯罪者の数が足りなかったことだ。犯罪者を投獄した時点で扉が閉じているので、ここで騒いでもどうしようもない。

それより、ギルドマスターと揉めたことで行動を制限されるほうが不利とブレッドは判断する。

「とにかく色々あって混乱してるので、俺たちは今日のところは休ませてもらう」

ブレッドはそう言うと、メリルとメリッサの背中を押しギルドから出ていく。

ギルドマスターの勝ち誇った笑みを背に受けながら……。


「絶対、あいつが裏で糸を引いているんだよ」

宿に部屋を取り一室に集まったところでメリルが核心に触れた。

「まあ、そうだろうな。今年投獄されたあとに犯罪者が一人も残っていないなんてできすぎている」

あれからメリルが情報を集めた結果、目撃者はおろかその日にダンジョンに潜った者がおらず冤罪の線が強くなった。

「……やっぱり殺す」

メリッサの口から物騒な言葉が飛び出してくる。止めなければ今すぐにでもギルドマスターを斬りに行きかねない。

「お姉ちゃん、私もやるよ」

彼女たちは双子の姉妹で、性格こそ正反対だがこういう時の思考は驚く程似ている。

メリッサとメリルが剣と短剣を手に、ギルドマスター殺害を決意していると……。

「お前たち落ち着け」

日頃からこの二人の扱いに慣れているブレッドがその行動を止めた。

「これが落ち着いていられる？　ピートが死んじゃったかもしれないんだよ？」

パーティにこそ入っていないが『輝きの翼』のメンバーとピートには交流があった。

ブレッドもメリルもメリッサも彼の実力には一目を置いている。

「もしここで俺たちがギルドマスターの罪を暴《あば》こうとしたとして、それにどれだけ時間がかかる？　やつを裁くことが今しなきゃいけないことなのか？」

濡《ぬ》れ衣《ぎぬ》について、当然調べられる可能性を考えていないはずがない。証拠になるものは消しているだろう。

万が一取りこぼしがあったとして、念入りに探りをいれればギルドマスターの罪を告発できるかもしれないが、それには多大な労力と時間がかかる。

そうしている間にピートの命はどんどん危うくなっていくのだ。

「俺たちが今しなきゃいけないのはピートの救出だろ？　あのギルドマスターに痛い目を見させるのはそのあとでも遅くない」

あくまで優先すべきはピートの救出だとブレッドは二人に認識を持たせる。

「でも、どうやって深淵ダンジョンに入るのさ？　この国の扉はもう閉じているんだよ？」

メリルが調査した情報を告げると、ブレッドは頷く。

「何か考えある？」

メリッサはその様子に手があるのだと確信する。

「ああ、俺に一つ心当たりがある」

「さっすがブレッド。頼りになる」

指をパチンと鳴らし希望を得た表情を浮かべるメリル。

だが、ブレッドはその方法を告げる前にどうしても確認しておかなければならないことがあった。

「その前にお前たちに聞いておきたいことがある」

「何さ？」

「……何？」

「俺たちがこれから向かうのは、帰還者ゼロと言われている深淵ダンジョンだ。行くからには命を懸けることになるが、それでも本当に行くのか？」

ブレッドの最終目的は元々『深淵ダンジョンの攻略』だった。これまでもそこで生き抜くための力を得ようと鍛錬を重ね、結果としてSランクまで上り詰めた。

だが、メリルとメリッサはそうではない。天賦《てんぷ》の才を持つこの二人はピートと同じでまだ十七歳と若い。

命を懸けて深淵ダンジョンに入るにはやり残したことがあるはず。ブレッドは自分の半分も生きていない二人が本当についてくるのか覚悟を問うた。

誰もがしり込みする深淵ダンジョンだ。ここで折れても仕方ない。そう考えていたブレッドだが……。

「行く！」

「勿論行くよ！」

二人の答えは最初から決まっている。

「だって、そこにピートがいるんだから」

「ピートを助ける」

二人の少女のまっすぐな瞳に、ブレッドは自然と笑みを浮かべるのだった。

★

「はっくしょんっ！」

「どうしたの、風邪でも引いた？」

シーラから木材を受け取ると俺は鼻を掻いた。

「いや、そんなに体調は悪くないんだが……」

誰か噂でもしているのだろうか？　もっとも、俺の知り合いなんて数える程なのでそれはないか……。

「それよりさっさと組み立てて部屋に運ぼう。流石にそろそろ寝具も欲しいからな……」

「ええ、そうよね」

昨晩も床に転がって寝た二人だが、流石に木の板でできた床は硬く、目覚めた時身体が痛くなっていたのだ。

食糧の確保については、果物や魚や肉などが充実している。それならば生活に必要な家具を作ることにしたのだ。

「それにしても、この調子でいいのかしら？」

二人してベッドを組み立てていると、シーラがそんな疑問を口にする。

「この調子でって何か問題があるのか？」

床は冷えやすいので風邪を引かないようにするのが大事だと思うのだが、シーラには何やら懸念があるらしい。

「寝具の有無は確かに重大だけどさ、もっと他に優先すべきことはないのかなと思って」

「たとえばどんな？」

俺が繰り返し問うと、彼女は右手で自分の頬を突きながら考える。

「私たちの目的って、この深淵ダンジョンを抜け出して外に出ることじゃない？　だったら、もっとこのダンジョンを探るために偵察をしたほうが良くないかなと思ったの」

確かにシーラの言葉も一理ある。だけど、そこまで焦って偵察する必要性を俺は感じていない。

「脱出するだけなら、確定しているルートはあるからな」

「えっ？」

シーラは惚《ほう》けると棒立ちになった。そして血相を変えると俺に詰め寄ってきた。

「いいい、いつの間にそんなルートを思いついたの!?」

「別に不思議な話じゃないだろ、俺たちは扉を通って深淵ダンジョンに入ってきた。つまり扉から出ていけばいい」

「どういうことなの？」

俺は彼女に推測を説明してやる。

「深淵ダンジョンの扉は一年に一度だけ開く。つまり、ここで生活して生き残れば一年経てば出られるってことだ」

もっとも、ルケニアでは犯罪者扱いだろうからある程度の事前準備は必要だろうが……。

「言われてみればそうかも」

シーラはそう呟くと口元に手をやった。

「勿論それは最終手段だから他の方法も探すつもりだ。だが今は生活の基盤をきちんと整えたほうが良い」

睡眠不足によるストレスなどで思わぬ不覚を取ったりしたら笑えない。

このダンジョンの調査も勿論大事だが、それは安眠できる環境を整えてからでも遅くはないと俺は考えている。

そのためにもまず家具や寝具を充実させる必要がある。俺は気を取り直すとベッド作りへと戻るのだった。

「そんなわけだから、シーラ。自分のベッドは自分で作るように。崩れても俺のベッドに寝かせてやるわけにはいかないからな？」

「わ、わかってるわよ！」

シーラは顔を赤くすると、自分のベッドの組み立て作業へと戻っていくのだった。


「さて、こまごました物を作っていくかな」

ベッド作りが終わり小休憩を挟んだ俺は、さらなる生活向上のためログハウス内の設備を整えることにした。

ちなみに、シーラには釣った魚とシルバーボアの肉を燻製にする作業を頼んである。

俺の亜空間ならば時間経過なしで保存できるのは確かなのだが、万が一俺が行方不明や意識不明になったりすると、残されたシーラに生き残る方法がなくなってしまう。

完全に俺に依存するのではなく、彼女だけでも生活していけるようにならなければいけない。そのため俺は、彼女に保存が利く食糧を作るように説明し、頼んでおいたのだ。

「とりあえず今日のところは、昨日不便に感じたところから手を付けていくとするか」

テーブルの上にミスリルの欠片を並べる。適当に風魔法で切り裂いただけなので欠片の大きさにはばらつきがあるが、大きな欠片を媒体に用いたほうが高性能な魔導具を作ることができる。

まず最初に作るべきは水と火の魔導具だろう。ちょっと歩いたところに川があるので不要かとも考えるが、水汲みのためだけに貴重な時間を割くわけにもいかないし、サークレットの知識と杖のお蔭で付与魔法の難易度が低いので作ってしまったほうが早い。

俺はそれ程大きくないミスリルの欠片を手に取った。そこまで凄い魔法を付与するわけではないのでこれで十分だろう。

離れた場所にミスリルの欠片を三つ並べると、杖をかざし付与魔法を実行する。

「エンチャント・ウォーター。エンチャント・ファイア。エンチャント・ウインド」

ミスリルが青・赤・緑の光を発し落ち着くと、水の魔導具、火の魔導具、風の魔導具が完成した。

「さて、次にこれを設置する場所だな……」

俺はログハウスを見渡しどこに設置すべきか考えた。そして、ベッドから離れた場所、テーブルの先にある壁際に台所を作ることにした。

「ストーンシュート」

魔力を込めると、その場に幅二メートル程、高さは腰くらいの四角い石ができあがる。表面がツルツルしている大理石だ。

この魔法は本来であれば岩を生成して敵にぶつける魔法だが、制御することでその場に岩を作り出すだけに留めることができる。

普通の岩を作るのが一般的な使い方だが、魔力を多く注げばこのように他の材質でも作ることはできる。台所にするなら見栄えを重視した大理石のほうがよいだろう。

俺はさらに魔力を込めると大理石の形を整えていく。

カマドを作って火の魔導具を設置し、洗い場を作って蛇口を用意して水の魔導具を設置する。

さらに、台所の壁に横穴を開け、そこに風の魔導具を設置することで、料理の際に発生する煙を外へと追い出すことにした。

「とりあえず、食事まわりはこれで大体良いかな」

殺風景だった部屋に生活感が現れる。ベッドが二つに台所が出来上がった。

「次は環境を整えるか……」

俺は小さな欠片を一つと、それなりの大きさの欠片を一つ並べる。

「まずは、照明から……エンチャント・ライト」

ここはダンジョン内なのに昼夜がある。昨晩は俺が魔法の明かりを用意したのだが、普通の照明魔法は時間が経過するか魔法を解除しなければ消えない。

だが、魔導具であれば誰でも簡単に照明を消すことができる。

俺は完成した魔導具を天井へと設置する。

「ひとまず一つでいいか、そんなに広い部屋でもないしな」

設置場所に満足すると、ふたたびテーブルに向き合うと気合いを入れる。

今から作る魔導具はこれまでのような難易度の低いものではなく、使用する魔力も制御も難しい。

だがこの先、生活をしていく上で欠かせないのでチャレンジすることにした。

「エンチャント・コールド、エンチャント・ウインド、エンチャント・ヒート！」

今までにない勢いで魔力が抜けていく。俺は今、複数の属性を一つの媒体に定着させている。付与魔法は一つの魔法を定着させるだけでも結構な魔力を食うのだが、それが二属性となると数倍、三属性となるとさらに数倍の魔力が必要になる。

普通の付与師であれば一属性で一週間、二属性で三週間、三属性なら数ヶ月かけて一つの魔導具を完成させるらしい。

それを一発で完成させようとしているのだから、破邪の杖を用いてもきついわけだ。徐々に魔力が吸われ余力がなくなってくるが……。

「これで……完成だ」

どうにかギリギリ魔力が足りたようだ。俺は自分が作った魔導具を満足げに見ていた。

「大変よ、ピート！」

ドアが乱暴に開き、シーラが戻ってきた。

「どうした、シーラ。燻製作りを失敗したか？」

血相を変えた彼女が手に燻製前の肉が刺さった串を持っているので聞いてみたが、何事だろうか？

「違うわ！　あれ……この部屋随分と快適な温度ね？」

彼女は否定するとコロリと表情を変え、室温が高いことに気付く。

「早速気付いてくれたか。これ、魔導具のお蔭なんだ」

「魔導具……一体どんな？」

興味を持ったのか、シーラは質問をしてきた。

「部屋の温度を調整して快適に保つ魔導具だ。俺が身に着けている大賢者のローブに付与されているのと同じ魔法だな」

火属性、水属性、風属性の三属性を付与した魔導具で、部屋の温度を快適に保ってくれる。

ダンジョン内とはいえ森の中なので夜は冷える。葉で作ったシーツは保温が完璧ではないので、この魔導具は今後生活をしていく上でかなり重要なアイテムだった。

「も、もしかして私のために？」

朝方、彼女は寒さで目が覚めて震えていた。

俺の大賢者のローブとは違い、彼女が纏《まと》っていたのはシルバーボアの毛皮で、室内の寒さを凌ぐには十分ではなかったのだ。

「それもあるけど、俺だって快適な部屋で寝泊まりしたいからな」

寝る時までローブを着ていると別の意味で寝苦しかったりする。これがあれば楽な格好で眠ることができるのでそのためだ。

探るような視線を向けてくるシーラ。俺が彼女のために無理をしていないか気になったのだろう。

「それより何が大変だったんだ？」

あまり見つめられていると気まずいので、俺は彼女が戻ってきた理由に触れる。

すると、シーラは表情を変えると想定外の発言をした。

「私、外の世界に戻る方法わかっちゃったかも！」

第三章

11

冒険者ギルドでギルドマスターとやり合ってから数日後、元『輝きの翼』の三人はトラテム王国へと来ていた。

あれから、ブレッドたちは深淵ダンジョンに潜るためにパーティを解散した。

六人で組んでいたパーティだったが、メリルとメリッサを除く他の三名はそれぞれの生活があるため話し合いの結果別れることとなったのだ。

結果として、ルケニア王国の冒険者ギルドから最強パーティが消滅した。ギルドマスターはそのことで各方面から責任を追及されていたが、ブレッドたちは関係ないとばかりに出国した。

「それで、ブレッド。この国に来た理由をそろそろ教えてくれない？」

メリルは鋭い視線をブレッドへと向ける。ギルドでピートのことを聞かされてから随分長い間笑顔が鳴りを潜めている。

「俺たちが深淵ダンジョンに入るもっとも簡単な方法はなんだと思う？」

今のメリルはあきらかに焦っている。この調子ではピートを救うのに支障をきたす。ブレッドは冷静さを取り戻させるために質問した。

「……犯罪者になること」

メリッサがポツリと呟いた。ブレッドはその答えに頷く。

「そう、それが簡単な方法だ。だが、ルケニアの扉は既に閉じてしまっているからな」

一年に一度の扉の開放。

どの国も過去にスタンピードが起きたことを知っているせいで、扉が開放されるといち早く犯罪者を送り込み閉じてしまう。

「だったら駄目じゃん！　打つ手なしじゃん！」

メリルは大声を出すとブレッドを睨みつけた。

「落ち着け、メリル。今から説明する」

ここは大通りだけあって人が行き交っている。ブレッドは雰囲気からしてただものではない冒険者の格好をしているし、メリルとメリッサは双子の姉妹でその優れた容姿のせいもあって人目を惹く。

周囲の人間はいやおうなしに三人に視線を送っていた。

「ブレッド。要点だけ話して」

無表情でわかりづらいが、焦る度合いで言うならメリッサも負けていない。勿体ぶった言い方をするブレッドに苛立っていた。

「二人も知っての通り、深淵ダンジョンは決まった人数が入らないと扉が閉まることはない。そのことがあるからルケニア王国は毎年犯罪者を犠牲に扉を閉めていた」

入った者の生還率ゼロの真実は世間に知れ渡っている。なので、犯罪を起こす抑止力となっていた。

そのせいで、犯罪者の数を確保することができず、ピートが嵌められたのだから笑えないのだが……。

「だが、すべての国が深淵ダンジョンに犯罪者を送り込んでいるわけじゃない。ここトラテム王国は深淵ダンジョンの攻略を諦めていない。それどころか攻略に挑戦する人間を支援してくれているんだ」

どの国も諦めている深淵ダンジョン。それを攻略したとなれば、十二国内での地位を上げることができる。トラテム王国は国家事業として深淵ダンジョン攻略を進めていた。

「つ、つまりっ！　ここの入り口はまだ閉じていないってこと⁉」

ブレッドの説明を理解したメリルは、大きく目を見開くとそう言った。

「応募がなければ犯罪者を放り込むらしいがな、まだわからないが可能性はある」

「どこ？　どこに行けば深淵ダンジョンに入れるかわかるのさ！　支援なんていらないから早く行かなきゃ枠が埋まっちゃうよ！」

「落ち着け、申請は城だな。支援物資もそこで渡されて、ダンジョンに入るまで見届けられる。でなきゃ支援だけ受け取って逃げるやつもいるだろうし……っておい！」

説明を聞いたメリルとメリッサはブレッドをその場に置いて走る。その姿を見たブレッドは頭を掻くと……。

「これだからピートは……。最初から俺のパーティに入っておけば無実の罪で投獄されなかったのによ。あの二人を泣かせるような真似しやがったらぶん殴ってやるぞ」

双子の姉妹にあれだけ気にかけられているピートの姿を思い浮かべたブレッドは、急ぎで二人のあとを追いかけた。

★

「それでは、冒険者ブレッドとメリルにメリッサをトラテム王国が派遣する攻略者として認定する」

深淵ダンジョンの入り口にて国が派遣してきた役人が説明をしている。その態度は妙に高圧的で、噂に聞く高待遇とは何だったのか？　と、ブレッドは首を傾げた。

扉の上には数字が刻まれており、現在は『4』となっている。

つまり、あと四名入ればこの扉は閉じてしまうということだ。

「危なかった……、ギリギリじゃん」

メリルは間に合ったことにホッと息を吐く。

「こっちが、ダンジョンに潜る際の支援物資だ」

役人は四つの革袋を地面に置くと、チラリと三人を見た。

そのあまりにもな態度にメリルはムッとすると、役人に食ってかかる。

「ちょっとさ！　こっちはダンジョンに潜ってあげるってのに随分態度悪くない？」

まるで罪人として投獄するかのようなトラテムの役人の様子に、自然と三人の表情は険悪なものになる。

「これまで、我が国は志願者を信じて多くのアイテムを持たせて、深淵ダンジョンに冒険者を送り出してきた。だが、これからは違う。この支援も今年限りになるだろう」

「何だって？」

眉一つ動かさない役人にブレッドは聞き返した。

「そもそも、最初から他国にならって犯罪者を投獄しておればよかったのだ。無駄に国力を落とし、周辺国から舐められる……。それももうおしまいだがな！」

「ブレッド、話に聞いてたのと違う」

「そもそも、国に入った時点でピリピリしてた」

メリルとメリッサが嫌な予感を覚えヒソヒソと話す。

「支援物資に関しては少々当てが外れた気もするが、こっちもそれなりに準備はしてきている。問題ないだろう」

ブレッドたちの目的は深淵ダンジョンに潜ることなので、トラテム側がどのような態度を取ろうともあまり関係はない。

「それと、一つ協力してもらいたい」

そこへ、役人は高圧的な態度で申し出た。とても頼むような態度ではなく、メリッサが苛立ちを覚える。

「俺たちにできることなら構わないが」

メリッサを手で制しブレッドが代表して答える。ここで揉めていては益々時間を取られてしまうからだ。

「おい、連れてこい！」

役人の合図で周囲を囲んでいた兵士が割れ、一人の少女が連行されてくる。

メイド服を着ており、縄で縛られ自由を奪われていた。

「こいつは国家犯罪者でな、本来は見せしめのために処刑するのだが、中途半端に扉を開放しておいても仕方ない。この機会に連れて行ってくれ」

「犯罪者と一緒に行けと言うの？」

メリルの目が鈍く輝く。それではまるで、自分たちも犯罪者として投獄されるようではないか？

メイド服の少女は諦めているのか瞳に光もなく俯いている。

役人はブレッドの耳に口を寄せると、彼だけに聞こえるように囁《ささや》いた。

「綺麗どころを揃えて、あんたも嫌いじゃないんだろ？　中に入ればそのメイドは好きにしても構わないからな」

次の瞬間、ブレッドは血が出るのではないかという程に拳を強く握りしめた。

「なるほどな、それで、話が終わりなら俺たちはもう行ってもいいのか？」

目の前の役人を、周囲を取り囲んでいる兵士を、殴り飛ばしたい。自分とメリルとメリッサが連携すればこの場の半数くらいなら殺すことができる。

だが、ブレッドは怒りを堪えるとその考えを打ち捨てた。

「まっ、何でもいいから早く入ろ」

「……ここにいるよりマシ」

気配を察したのか、メリルとメリッサも同意を示す。

「それじゃあ、早速俺たちは潜るからあとのことはよろしくな」

こうして、四人はピートのあとを追って深淵ダンジョンに足を踏み入れるのだった。

★

「ここが、あの悪名高い深淵ダンジョンの中か?」

中に入ったブレッドはまず周囲を見渡した。

洞窟内だというのに明るい。どうやら壁が光っているようだ。そのお蔭で松明や照明魔法を用意する必要がなかった。

武器を使う立場からするといざという時に両手が使えるのはありがたい。松明を持たずに済むならばと今後の立ち回りについて考えていたブレッドだが……。

「おっと、そうだ。あいつらが入ってくる前に確認しておくか……」

ブレッドは自分が入ってきた入り口を振り返る。

だがブレッドが洞窟に足を踏み入れると同時に消えたのか、そこには既に扉がなく壁が広がっていた。

「やはり、一方通行なのか?」

これまで、深淵ダンジョンに潜った人間で生きて戻った者はいない。中には選りすぐりの兵士を投入した国もあったので、何か理由があると見当はつけていた。

「そうすると、別の出口を探さないといけないということだな……」

ピートもこのことに気付いているのなら、今頃他の場所に向かっているはず。彼の思考を読み、あとを追いかけていけばいずれは合流できるのではなかろうか?

ブレッドがそんなことを考えていると、壁からメリルが抜け出してきた。何もないところから姿を現す様を見て、ブレッドは微妙な表情を浮かべる。

「どう、大丈夫だった？」

「ああ、出会い頭にモンスターと遭遇するなんてことはなかったな」

深淵ダンジョンがどんな場所なのかわからないので、まずブレッドが最初に入り、それから時間を置いて三人に入ってくるように言っておいたのだ。

続いて、メイドの少女が姿を見せ、最後にメリッサが現れた。

「さて、もういいだろ」

ブレッドが剣を抜くと、メイドの少女がピクリと震える。

「トラテムの態度にはいい加減イライラしていた。お前らも構わないな？」

少女に剣を向け確認すると、メリルもメリッサも頷いた。

「いいよ、やっちゃえ！」

「遠慮なくズバッといくべき」

ブレッドが少女に迫り、剣が振り下ろされる。この時ばかりは少女の顔に恐怖が浮かび、目を瞑ると……。

「えっ？」

少女を拘束していた縄が斬られ地面に落ちた。

「もう大丈夫だからね」

「よく我慢した」

メリルとメリッサは少女に寄り添うと優しく声を掛ける。

「えっ？　えっ？　えっ？」

自分は犯罪者として扱われ投獄されたのですべて覚悟したつもりだった。

自分の分の荷物を取り上げられることも、利用されることも。だというのに三人はとてもそのようなことをしそうには見えない。

「あそこだと自己紹介ができなかったからな。俺はブレッド、ルケニア王国の元Sランク冒険者だ」

「メリルだよ。同じくSランク冒険者ね」

「メリッサ。よろしくね」

少女は困惑すると自分も名前を名乗った。

「私はミラです」

「ミラちゃんって言うんだ？　多分歳は同じくらいかな？　よろしくね！」

人懐っこい笑みを浮かべミラに接するメリル。

「あの……」

「ん？」

そんなミラは疑問を覚えると、

「私をここに置いていくつもりではないのですか？」

ブレッドに真剣な瞳を向けて確認した。

「ここに一人でいたら死んでしまうんじゃないか？」

ブレッドが返答すると、

「私は深淵ダンジョンで死ぬために投獄されたのです。それも仕方ないことかと……」

ミラは乾いた笑いを浮かべた。

「でも、ミラは犯罪を犯してここに来たわけじゃない」

「えっ？」

メリッサの言葉に顔を上げ驚く。

「私たちも冒険者をしながら色んな人を見てきたからね、ミラは悪人じゃないよ」

「どうして……そんな……」

大切な人と別れ、ダンジョンでモンスターに食い殺されるのだと思っていたミラは、ここにきて想定外が起きて混乱する。

「あなた方はどうして深淵ダンジョンに投獄されたのですか？」

てっきり、犯罪者だと思っていたが、様子が違う。ミラは三人の素性に興味を持った。

「俺たちは、無実の罪で深淵ダンジョンに投獄された仲間を救うためトラテムに来た」

ブレッドはこれまでの経緯を話し始めた。

「なるほど、それでトラテムの深淵ダンジョン支援枠に目をつけたのですね」

説明が一通り終わるとミラは納得したかのように頷く。

「各国は深淵ダンジョン内で繋がっているって噂があるからね、道なりに行けばもしかしてピートに会えるんじゃないかなと思ってるんだ」

メリルの言葉に、ミラは三人が深淵ダンジョンに潜ってまで助けようとした少年に興味を持った。

「その……ピート様という方は、メリル様とメリッサ様の恋人なのでしょうか？」

ミラの質問に、メリルとメリッサはキョトンとする。

「元々は同じ孤児院出身で、幼い頃はずっと一緒に暮らしてたからね、可愛くない弟かなぁ？」

「ピートは可愛い弟」

メリルとメリッサが真逆の感想を口にする。

「俺がメリルとメリッサの才能を見抜いて身元を引き受けたんだ。この二人とピートは俺にとっても弟みたいなもんかな？」

「えっ？　でも、ブレッドの歳だとお父さんかおじさんじゃない？」

「メリル……お前ってやつは……」

引き取って育ててやったというのに可愛げがない。ブレッドは半眼でメリルを睨みつけた。

「……ふ」

「笑った？」

ミラの口元が緩むのをメリッサは見逃さなかった。

「申し訳ありません、ただなんというか、この深淵ダンジョンに投獄されても皆さんがまったく絶望していない様子だったので」

「絶望なんてなんでするのさ？」

「ピートを助けて外に出る。それだけ」

「まあ、俺は元々深淵ダンジョンを攻略する目標を持っていたしな」

三人は深淵ダンジョンで生き抜くことができると確信している。だからこそ後ろ向きになどなりようもなかった。

この三人を見ていると、すべてを諦めるのはまだ早いのではないかという気がしてくる。

ほんの数週間前、自分の主人は追っ手を振り切るため深淵ダンジョンへと入っていった。もしかすると、今もこの中で生きているかもしれないのだ。

ミラはそう考えて、グッと拳を握り胸元に当てる。久方ぶりに心臓の鼓動を感じ、緊張してきた。

「私も、連れて行ってくださいませんか？」

ミラは瞳に光を宿すとまっすぐに三人を見つめ、願いを口にする。

「私がお仕えしておりました方が、今もこの深淵ダンジョン内にいるはずなんです。合流するまで構いません、足手纏《まと》いなのはわかっています。できることならなんでもしますので、ついて行くだけでも許していただけないでしょうか？」

三人は互いの顔を見合わせると、ミラに返事をした。

「ミラってメイドさんだから料理とかできるよね？」

「洗濯もできる？」

「ええ、そのくらいなら全然問題ありませんが？」

メリルとメリッサの質問に目を丸くしながら答える。

「俺たちは戦闘バカだからな、身のまわりの細々としたことをやってくれる人間がいるのは助かる」

「それじゃあ……」

それを返事ととったのか、ミラは口元を緩めた。

「どうせなら、ピートもミラの主人とやらも両方助けてやる」

「そうだね、それで皆で深淵ダンジョンを脱出するんだ」

「抜かりはない」

こうして、四人は目標を設定すると、深淵ダンジョン攻略に足を進めるのだった。

12

「こっちで間違いないな？」

「うん、間違いないわ。私たちが付けた印をたどってきたわけだし」

シーラから話を聞くこと五日。俺たちは深淵ダンジョンの洞窟の入り口へと向かっていた。

「まだ、扉開いてるかなぁ？」

入り口といっても、ルケニアではなくトラテム側の洞窟だ。

なぜそんな場所に向かっているのかというと、シーラが脱出ルートの可能性を示したからだ。

「ごめんね、私がもっと早く思い出していればよかったんだけど……」

彼女は申し訳なさそうな表情を浮かべると俺に頭を下げる。

「いや、犯罪者を投獄せず攻略を狙っている国の話は俺も聞いていたからな。可能性を考慮していなかった俺のミスでもある」

こんなことでシーラを責めるのはお門違いだ。お互いに周囲から裏切られ、ここに来ることになってしまったのだから。そこまで頭が回るはずがない。

思い出してくれたのだから感謝することはあれど、非難するなんてありえない。

（これが……シーラが付けた目印？）

俺は改めて目印を見る。見覚えがあるような気がするが思い出せない。

「うん、この紋章を刻むのは私くらいだろうし、行く先々で迷子にならないように付けながら進んだの」

俺が疑問に思っている間も、シーラは機嫌の良さそうな顔で、道中たどった道筋について説明をする。

「流石だな。ということはこの目印をたどっていけば、扉に着くことができるってわけだ」

急いで扉まで行きたいので、最短ルートがわかるのは助かる。

現在、俺がダンジョンに入ってから十日、シーラが入ってからなら十二日が経過している。ダンジョンの構造が基本的に同じだとすると、たどり着くまでに丸二日はかかる計算だ。

トラテムは例年であれば攻略募集をして、集まらなかった場合は二週間で締め切って犯罪者で残りの枠を埋めてしまうらしいのだが、現在ゴタゴタが起きていて、シーラを含む何名もの人間が入ってしまったため保証ができないのだという。

「私、頑張って歩くから、気にしないで進んでよね」

扉が閉まってしまうことを危惧したのか、シーラからは焦りが見えた。

「安心してくれ。罠は魔法で全部回避できるし、モンスターだって倒してやる。危険はないから自分たちのペースで行こう」

焦って行動して罠を踏むほうが怖い。俺は彼女の肩に手を置き安心させるように笑みを浮かべるのだった。

★

「それにしても、本当に不気味な洞窟だな？」

ブレッドは周囲を見渡すとそう言った。ダンジョンに潜ってから数時間が経つのだが、ずっと同じような道が続いている。

「何せ、かの悪名高い深淵ダンジョンだからね。私が許可していないところは触らないでよ？」

メリルが先頭を歩き、罠の有無を見極めている。彼女は優秀な斥候なので罠の痕跡を絶対に見逃さない。

「それにしても、随分と速いペースで進んでおられるようですが、罠は大丈夫なのでしょうか？」

そんなメリルにミラが話し掛けた。

「うん、それは平気。ここに最近付いた足跡があるでしょ？」

メリルはそう言うと、地面を指差した。

「メリッサわかるか？」

ブレッドの問いにメリッサは首を横に振る。

「特にわからないのですが……本当に足跡あります？」

「うん、あるよ！」

メリルが断言するので、三人は互いの顔を見合わせると黙った。自分たちには見えない微かな痕跡を見抜いているのだからこれ以上粘っても仕方ない。

「つまり、先日誰かがここを通ったってことだから、足跡が途切れない限りは安心して進めるってわけ」

罠があればその先行者が踏んでいるはず。このお蔭で素早い移動が成り立っている。

「それがもしかして……」

ところが、メリルのその言葉にミラが反応する。その瞳は期待を抱いているようであり、メリルはミラの様子を見てあまり期待を持たせすぎないように首を横に振る。

「この足跡の主が、ミラの御主人様とは限らないんだよ」

「えっ？」

「扉を潜り抜ける人数が決まっている以上、犯罪者も入っているからな。あとを追いかけてみればバッタリという可能性も十分にありえる」

ブレッドの言葉でミラは息を呑んだ。

「私としては犯罪者のほうがわかりやすくていい」

「と、言われますと？」

メリッサがボソリと呟いたので、ミラは彼女の顔を見る。

メリッサは剣の柄に手をかけギラついた瞳で笑うと、

「悪は斬ればいいから」

シンプルな思考をしていた。

「わ、私は斬らないでくださいね……？」

凄むメリッサに、ミラは涙目で懇願するのだった。

★

「今日はここまでだな」

その日の進行を止め、俺とシーラは洞窟内で腰を下ろした。

日中に洞窟に入った時、最初は明るかった壁も徐々に光を失いつつある。これは洞窟の外も夜になっているということだ。

「はぁはぁ、疲れたぁ」

半日歩き通している間、文句一つ言わずについてきたシーラに労《ねぎら》いの言葉を掛ける。

「お疲れ様、よく頑張ったな」

俺は亜空間から樽を取り出しコップに水を注ぐとシーラに渡した。

「はぁ、冷たくて生き返るわぁ」

シーラは水を飲むとコップを自分の頬に当て火照りを冷まそうとする。

「亜空間にしまっておけば時間経過がないからな。ただの川の水なんだけど喜んでもらえて何よりだ」

自分もコップを傾けると、冷たい水が喉を通り抜けホッと一息吐いた。

「それにしても、ここから脱出した時と比べると全然違うよね」

シーラはコップを両手で持つと、深淵ダンジョンに最初に入った時について触れてきた。

「水は魔法で作り出してたし、罠を見破るには怪我人が出ていたもの」

「それに関しては神器のお蔭だな」

罠は魔法で見破ることができるし、亜空間の腕輪ならば荷物のことを考えずに済む。

「焚き火だってできなかったのよ」

シーラはそんな言葉を口にする。

「洞窟で火を起こすと息苦しくなるからな」

ダンジョン内でも広い場所なら良いのだが、天井が低い場所であれば火を起こすのは避けたほうが良いとされている。

長時間火を焚いていると、頭がぼーっとする症状が出たりするからだ。

「ほら、飯にしよう」

俺は亜空間から食事を取り出し、シーラに渡した。

彼女が葉の包みを開くと、食欲を刺激する良い匂いが洞窟内に漂い始めた。

「食事にしてもそうよ、火が起こせないのは同じなのに、こんな焼きたて熱々のお肉がすぐに食べられるんだから」

「あらかじめシルバーボアの肉を焼いておいて葉に包んで亜空間に収納しておけば、いつでも熱々の焼肉が食べられるなんて反則だよな」

神器をこんな使い方してもいいのかわからないが、とても役に立っている。

これまでもソロで冒険してきたのだが、冒険中は簡易的な食事しか摂ることができなかった。

料理などは調理器具を持ち歩かなければならず、手間もかかるからだ。

その点、亜空間の腕輪を持っていれば作ったそばから保管しておいて、食べたい時に取り出せるので、野営の手間を大きく省くことができる。

「疲れた身体にシルバーボアの肉の脂が染み渡って一気に元気になるわ」

シーラはとても幸せそうに肉を食べている。

『キュキュキュウ』

その傍ではフォグが燻製肉を食べている。これもシルバーボアの肉を燻《いぶ》したものなのだが、フォグはこちらを気に入っているようだ。

「果物もあるからな」

今日一日頑張った御褒美ということで、一口サイズに切った果物を並べてやると、

「シルバーボアの焼肉を片手に、あまーいフルーツを食べる。こんなのトラテムでも滅多にできない贅沢じゃないかしら？」

頬に手を当て、とても幸せそうに感想を呟くシーラ。そもそも恵まれた立場にいるのなら、こんな洞窟に入っていないのではないかとツッコミを入れようかと考えていると……。

――ピィーーーン。

「む？」

「どうしたの、ピート？」

「エリアサーチの魔法に反応があった」

遺失魔法の一つ、エリアサーチ。これは自分を中心に展開して、その範囲に生物が侵入すると知らせてくれる魔法だ。

森の時は小動物すべてに反応するので使い勝手が悪かったのだが、薄暗い洞窟では重宝する。この魔法のお蔭で常に先手をとることができ、モンスターを撃退してきたのだ。

「人数は……四人だな。反応の大きさからして相当強そうだぞ」

しかも、何かに気付いているのか、徐々にこちらに近付いてきている。

「追っ手……かしら？」

シーラは胸元でギュッと拳を作ると不安そうな声を出した。

「……どうだかわからないが、その可能性もあるな」

現在地点は洞窟の出口とトラテムの扉のちょうど間くらいだろう。犯罪者が向かってきていると
いう可能性もある。

「ひとまず、制圧してから考える。シーラとフォグは岩陰に隠れておいてくれ」

彼女を人質に取られた場合、降伏するしか手がなくなってしまう。そうならないためにも安全な
場所に身を置いてもらう。

「ピート、気を付けて」

『キュウーン』

フォグを胸に抱いたシーラは巻き添えにならないよう奥へと避難した。

「さて、馬鹿正直に正面から受けてやる義理もないか……」

大賢者のサークレットに意識を接続した俺は、対象が到着する前に魔法を使っておくことにする。

ちょうど、相手を生け取りにする魔法の検索が終わったので、それを地面と天井に罠として設置
した。

「これで良し……と」

四つの反応のうち、三つがこちらに近付き一つが離れた場所で留まった。向こうもこちらの存在
を認識したのだろう。互いに気付いている以上戦闘は避けられない……。

相手の動きから罠を警戒しつつ進んでいる様子が見て取れる。その慎重さから考えられるのは高

ランクの冒険者に相当するということ。

「果たして……敵なのか……味方なのか？」

犯罪者なら容赦はしない。そう決めていると……。

「えっ？」

先頭の人間が姿を見せる。

「どうして、ここに……？」

「それはこっちのセリフだよ！」

目の前には幼少の頃孤児院で一緒にすごしたメリルの姿があった。

★

「まさか、こんなに早く会えるとは思わなかったぞ……」

俺がメリルとの再会で言葉を失っていると、後ろからこれまた馴染みの冒険者が姿を現した。

使い込まれた鎧に大剣を背中に背負った、俺たちより一回り半程歳がいっている男だ。

「ブレッド、まさかあんたまでいるとはな……」

最後に会ったのは一ヶ月半前のはずだが、もう会えないものだと思っていたので懐かしさが込み上げてくる。

「私もいる」

この二人がいるならと半ば予想していたが、メリッサも現れ口をムッと閉じている。

「会いたかったよ、ピート」

メリルが目に涙を溜めてそう告げてくる。メリルとメリッサは俺にとって姉のような存在なので、俺も会いたいとずっと思っていた。

どうしてこのような場所にいるかが気になるが、それについてはこのあと話を聞けば良い。そう考えているとメリルが一歩前に足を出した。

「く、来るなあああああああっ！」

俺は焦りを浮かべると思わず叫んでいた。

「えっ？」

俺から拒絶されると思っていなかったのか、メリルはショックを受けたように呆然とした顔をする。

「いいから、それ以上こっちに来ないでくれ！」

それでも、駄目なのだ。今彼女たちに近付いて欲しくはない。

「も、もしかして私たちのこと疑ってるの？」

メリルの質問に言葉が詰まる。

「お前っ！　そりゃないぜ！」

「ひどい！　ピート！」

ブレッドもメリッサも裏切られたかのような表情を浮かべると、俺を責めるような目で見てきた。

「違うから……いいから、まず落ち着いてくれ！」

こうしている間にも、大賢者のサークレットに知識の検索を求めているのだが、なかなか答えが戻ってこない。

「俺たちがどんな気持ちで深淵ダンジョンまで来たと！　殴らせろっ！」

「一緒に育った私たちを信じないなんて許せない！」

「お仕置きする」

あと少しあれば、どうにか罠を解除することもできたのだが、冷静さを失った三人は俺の制止など聞くものかとばかりに前に乗り出してきた。

「「「あっ」」」

——ベチャッ。

足元がネバネバの物質に変わり、転《こ》けた三人は顔面からそのネバネバに顔を突っ込んだ。

「だから言ったのに……」

俺の仕掛けた罠に嵌まりもがく三人を見ながら、俺は額に手を当て嘆く。

「くそっ！　なんだこれっ！」

「罠の形跡なんてなかったのに……一体どうして！」

「……動けない」

ねばつく白い物体が全身に纏《まと》わりつき身動きを封じられる三人。

遺失魔法のトラップメイカーはランダムで魔法の罠を好きな場所に設置することができるので、正体不明の相手の足止めに使えるかと考えて設置しておいた。

「別にあんたたちが犯罪を犯したなんて微塵も疑っていなかったさ、だから警告したのにな……」

俺がそう言うと、三人は一斉に俺を睨みつけてきた。

「最初に言えよそれ！」

「ピートはいつも肝心な一言が足りてないんだよ！」

「……あとでお仕置きするから」

それを言うなら、そっちも俺の言うことくらい聞いて欲しい。ちゃんとその場から動かなければ問題なかったのだから……。

「とにかく、罠を消すから待っててくれ」

ようやく、トラップ解除の魔法、ディスペルを発見し、俺が使おうかと思っていると、離れた場所にいたはずのシーラが近付いてきていた。

「ピート終わったの？」

『キュキュキュ？』

シーラとフォグは、ねばねばまみれになっている三人を見ると引いた様子を見せる。

「ブレッド様、どうされましたか？」

そのタイミングで、奥に一人残っていた人物もこちらに近付き、ブレッドたちに話し掛けていた。

メイド服を着ている少女の姿を見て、どうしてこんな場所にメイドが？　と疑問に思ったのだが……。

「ミラッ⁉」

「シーラ様っ⁉」

シーラはこれまでで一番驚いた声を出すと、メイド服の少女を指差した。

「どうしてここにいるの？」

「シーラ様を追ってきたのです。シーラ様こそどうして……？」

「何でもいいけど、早く魔法を解いてよぉ！」

「えっ？　ミラの仕えている相手となんでピートが？」

「……お腹すいた。お肉が食べたい」

全員がそれぞれ主張しているせいで会話に纏《まと》まりがない。

「とりあえず、魔法を解除するから落ち着いて話をしよう！」

俺は何が何だかわからない状況に、溜息を漏らすのだった。

13

「それにしても、こんなところで会うことになるとは思わなかったぞ……ハグハグ」

「本当だよね、生きてるとは思ってたけど、まさかこんなにすぐ会えるとは思わなかったよ……ムグムグ」

「肉……うま」

「……三人とも、食うか喋《しゃべ》るかどっちかにしろよ」

俺がそう言うと、三人は無言で肉を食べ始めた。

俺はそんな三人から視線を逸らすと、離れた場所に座るシーラとミラの様子をうかがう。

壁に背をつけ、二人でボソボソと何やら会話をしている。

外の世界での知り合いらしいのだが、放っておいて大丈夫なのだろうか？

そんなことを考えていると、用意してあった肉がすべてなくなり、三人が話し掛けてきた。

「いやー、改めて会えて良かったよ、ピート」

メリルが口の周りをペロリと舐めると笑顔を見せる。

「最初は肉の焼ける美味しそうな匂いがするってメリッサが言うから確認に来ただけだったんだが、

こういうのが日頃の行いっていうのかね？」

「ちょっと待って？　あの距離から匂いを嗅ぎ取ったというのか⁉」

「食べ物の匂いなら遠く離れてても嗅ぎ取る自信がある」

メリッサはピースサインをして見せると、おそろしい特技を自慢してきた。

「それにしても、本当によく生き延びたもんだ。道中、結構厄介なモンスターもいたし、魔導師一人で何とかできるとは思わなかったぞ」

ブレッドはそう言うと俺を見た。

「実は、この洞窟内で神器を発見したんだよ」

「それって、今も身に着けてるそのローブとか腕輪とか杖とかサークレット？」

「その通りだよ、メリル」

驚く三人に説明をする。

「この杖は魔法の威力を増幅してくれるし、サークレットは遺失魔法を俺に教えてくれるし、腕輪は亜空間を開くことができ、荷物を収納することができる」

「それで……こんなに美味しい肉を熱々で食べられたんだ？」

メリッサが物欲しそうな顔で腕輪を見てきた。

「それで気になったんだが、この肉もしかして……」

ブレッドの言葉に頷く。

「ああ、野生のシルバーボアがいたから狩ったんだよ」

「「「えええええっ⁉」」」

俺の言葉に三人が驚く。

「だって、シルバーボアといえばAランクモンスターだよ！」

「私たちのパーティ六人でも狩るのに苦労した」

「それを一人でって……とんでもねえ話だな」

「別に、別に大した話でもない。神器が揃っていれば大抵のやつはできることだろ？」

俺の言葉に、メリルは溜息を吐くと、

「これだから自分の力を自覚していない天然はタチが悪い」

「そもそも、ソロで魔導師でDランクの時点でおかしいと気付けよ」

「だから何度もパーティに誘ったのに」

三人からパーティに誘われたことがあるのは間違いない。だが、幼馴染の同情からくるものだと思っていたので、コネで入れてもらうのは何か違うと思って断っていた。

「……あまり雑談ばかりしていても仕方ないから、そろそろそっちの事情を聞いてもいいか？」

シーラとミラのことも気になるし、モンスターが湧く洞窟内でじっとしているのもあまりよくない。

彼らがここにいる理由については推測がつくのだが、念のため本人たちの口から説明してもらうことにした。

三人は神妙な顔をすると、ここにいる経緯について話し始めた。

「私たちが依頼を終えて冒険者ギルドに戻ったらピートがいないじゃん？　話を聞いてみたら罪を犯してもいないのに深淵ダンジョン送りにされたらしいからさ、助けに来たんだよ」

メリルが言った。簡潔でわかりやすい説明だ。だが……。

「俺が本当に犯罪を犯して深淵ダンジョン送りにされたとは考えなかったのか？」

他の冒険者も疑っていたくらいだ、当然三人の頭にもそれがよぎったはず。

「は？　お前がそんなことするわけないだろ？」

ところが、ブレッドははっきりそう言うと笑ってみせた。

「私たちのピートがそんなことするわけない」

メリッサも同意すると首を縦に振る。

三人の信頼の眼差しを感じると、冒険者ギルドで他の冒険者に拘束された憤りと、信じてくれる人がいたという嬉しさで何かが込み上げてきた。

「ピート、どうしたの？」

「何でもない」

俺は三人から顔を逸らすと、そっと目元を拭う。そして落ち着くと……。

「……ありがとう」

一瞬、呆気に取られた三人だがすぐに笑顔に戻る。

「俺たちはトラテムが深淵ダンジョン攻略のために冒険者を募っているという状況を利用して深淵ダンジョンに入ったんだ」

ブレッドはトラテムから入った経緯を告げる。

「ああ、だからなのか……」

トラテム側の扉に向かっていたはずなのに、ここでブレッドたちと会うのはおかしいと思っていた。

「本当ならもっと探索したあとで手掛かりを探すことになると思ってたんだけどね」

「美味しそうな匂いをたどって正解だった」

メリルとメリッサがそう答える。

「それで、ピートはどうしてトラテムの近くにいる？」

俺が深淵ダンジョンに入ったのはルケニア、彼らはトラテム。偶然遭遇するわけがない。今度はこちらの事情について聞いてくる。

「一度はルケニアから続く洞窟を出て別の場所にたどり着いたんだがな。トラテムの扉なら開いているかもしれないとシーラが言うから確認に来たんだ」

俺の言葉に、三人はシーラとミラを見る。

先程までとは違い、何やら深刻な会話をしているのか二人の表情が優れない。

そういえば、ブレッドたちとミラの関係についても聞いておく必要があるな……。

「そういえば、お前、あの娘と行動をともにしてるんだな？」

「どんな関係なの？」

「是非聞かせて欲しい」

三人ともニヤニヤと笑っている。逆に質問をされてしまった。

昔から、俺にこの手の噂が立つと三人はからかうように絡んできていた。

「どうもこうも、この深淵ダンジョンで出会った信頼できる仲間だよ」

俺は溜息を吐くと面倒に思いながらも答えた。

聞きたい内容は違うのだろうが、彼女について俺が知っていることは少ない。

「冒険者ギルドで皆に裏切られて人間不信になっていたんだが、彼女は俺が犯罪者じゃないと信じて一緒にいてくれた」

無条件で信頼を寄せてくれる相手がいるだけで、どれだけ心が救われたかわからない。

「そっか、良かったよね」

「ああ。俺たちも感謝しないとな」

「あとで撫でてあげよう」

メリルとブレッドとメリッサが優しい目をシーラに向ける。

「そういえば、今ピートが言った目的についてだが、これ以上進んでも無意味だぞ」

ブレッドはふと思い出したかのように告げる。

「どういうことだ？」

妙に確信めいた言い方に、俺は首を傾げた。

「深淵ダンジョンの扉を潜る時、俺はメリルとメリッサに遅れて入るように指示をした。その理由は入ってすぐなら出られるんじゃないかと俺も考えたからだな」

彼は自分の推論を告げる。

「ところが、最初に俺が入ったにもかかわらず、洞窟側には扉がなかった」

「へぇ、あれってそういう意図があったんだ？」

「まったく気にしていなかった……」

ブレッドの言葉にメリルとメリッサが明るく答える。

「たとえ一年待ったとしてもこの入り口からは出られないってことか……」

「そうなるな」

俺の言葉をブレッドはあっさりと肯定する。

彼はやや非難するような目で俺を見る。

「何だよ？」

「いや、お前なら真っ先にそのことに気付いてもおかしくないと思ったんだが、少し軽率じゃないか？」

「……煩《うるさ》いな、いきなり投獄されて色々動揺してたんだよ」

図星を突かれてしまい、動揺する。

「まあいいじゃん、脱出方法がわからないことがわかった。その収穫はあったわけだし」

「メリルは本当に明るいよなぁ」

「ピートが生きていて私たちと合流したんだもん。この先に不安はないからね」

「確かに、それもそうか」

持ち前の明るさに救われた気がする。

神器を持っている俺とSランク冒険者が三人揃ったのだ、これまでよりも断然安全になるのは間違いない。

「ピート、この先はどうなってる？」

先程、俺が洞窟を出たことがあると言ったからか、メリッサが質問をしてきた。

「他にも美味しい物いっぱいある？」

基本的に戦いと美味しい物にしか興味がないメリッサに肩透かしをくらう。

「そうだな、ここを出て三日も進んだ場所に拠点を作ったんだが、河原では魚も釣れるし、森では果物も収穫できるぞ」

凶悪なモンスターはそれ程おらず、メリルやメリッサなら動物を狩ることもできそうだ。

「へぇ、洞窟の外ってそんな風になってるんだね？」

メリルが興味を示してきた。

「おそらくだが、深淵ダンジョンの中心には外の世界に繋がる場所が存在しているんじゃないかと俺は睨んでいる」

他に出口らしきものも見当たらないし、この深淵ダンジョンの秘密が存在しているとしたらもっと奥だろうと勘が告げている。

「俺は準備ができたら、中心を目指そうと思ってるんだけど、ブレッドたちはどうする？」

拠点に泊まれば衣食住揃った安定した生活を送ることができるので、シーラとミラにしてみればそっちのほうがいいかもしれない。

「このままピートとここですごすのも悪くないけど」

「元々いつか挑戦してみたいと思っていた深淵ダンジョンだからな。わくわくしてきた」

「未踏破の場所といえばお宝！　わくわくするね」

メリッサ、ブレッド、メリルが順番にそう答える。この三人には実力があるので一瞬も迷わなかった。

「なら、俺たちでパーティを組んで中心を目指すってことでいいか？」

「ああ、決まりだな」

奇《く》しくも深淵ダンジョンで最強のパーティが出来上がった瞬間だった。

「にしても、ピート。私たちの勧誘を受けておけば最初からこんな目に遭わなかったのにねー」

メリルが口をすぼめると俺にそう言ってきた。

「俺だってまさか罪を着せられるとは思ってなかったさ」

そんな軽口を話していると……。

「ピート」

シーラが話し掛けてきた。

「シーラ、話は纏《まと》まったのか？」

何やらあまり元気がなさそうに見える。

「うん、これからはミラも一緒に行動したいんだけど、駄目……かな？」

「いや、こっちも四人で行動をすることに今決まったからな。ミラさえよかったら問題ないよ」

女性二人を放り出すなんて、ブレッドが絶対に許さないだろうし、一緒に来てくれるならありがたい。

「シーラ様ともどもお世話にならせていただきたいと思います」

ミラはスカートのすそを摘まむと丁重な礼をしてきた。

「それじゃあ、今後はこの六人で行動するってことで」

仲間と合流できたことで、俺は肩の荷が降りたような心地よさを覚えるのだった。

★

洞窟でブレッドたちと合流した二日後、俺たちは洞窟の外へと脱出した。

「やっと外だぁーー！」

メリルは外に出ると身体を伸ばし気持ちよさそうな声を出す。

「大げさなやつだな」

俺はそんな彼女の様子を見て苦笑いを浮かべる。

「洞窟のジメジメした雰囲気とか耐えられないし。ピートやメリッサがおかしいんだよ！」

「そんなことはない。静かで涼しくて落ち着くだけ」

メリッサは無表情で言い返した。

「それよりもお前たち、声を落とせ。モンスターがいたらどうする」

騒ぐ俺たちにブレッドはそう声を掛けた。やはり彼がいると全体が引き締まる。俺だとメリルやメリッサを窘《たしな》めるのは無理だからな……。

「まずは俺たちの家に案内するってことでいいな？」

今後の予定については洞窟内であらかじめ話してあるのでその確認だ。

「ああ、水源があって食材が豊富なんだろ？　お前たちの家にお邪魔するのは若干気が引けるが

「頼む」

「べ、別に……私たちの家だなんて……」

若干引っかかる言い方にシーラが反応した。

「シーラ、顔が赤いけど体調は大丈夫か？」

洞窟から出るまでの間、シーラの様子がおかしかった。休憩を多くしたので脱出に二日かかってしまったが、やはりまだ辛いのだろうか？

「ピート様……それ、本気でおっしゃってるのでしょうか？」

ミラの冷たい視線が突き刺さる。

「勿論本気ですけど……、あの、何か？」

額に手を当て「どうしようもない」とばかりに大袈裟に頭を振る。

「無駄だよ、ピートは昔から鈍感だからね」

「何度殴り倒したかわからない」

メリルとメリッサが溜息を吐く。実際何度か理不尽な目に遭わされているので納得ができないのだが……。

意味がわからずシーラと目を合わせる。

「な、何でもないから！　早く移動しましょ！」

「おい、先頭を歩くな。危ないぞ」

俺は慌ててシーラのあとを追いかけた。

「それにしても、本当に普通の森って感じだな」

俺とブレッドが先頭に立ち森を進む。

「んだね。深淵ダンジョン内がこんな構造になってるなんて思わなかった」

「どうして太陽が見えないのに明るいの？」

メリッサがそんな疑問を口にした。

「ああ、どういう理屈かわからないんだが、天井の輝きは時間によって変わり外の世界と同じように夜もある」

これまでの体験からそう判断した。

「ミラさん、歩きづらかったりしませんか？」

俺は後ろを振り返ると彼女を見た。彼女はメイド服を着ているので、草木に服が引っかかりやすい。

「ええ、私は問題ありません。シーラ様のほうが……」

「……平気よ」

シーラの額からは珠《たま》のような汗が流れている。息を切らしており、明らかに体力切れを起こしていた。

「ああ、俺たちのペースに合わせてたからな、そうなるか……」

そう言われてみて、ここまで結構な速度で進んでいたことを思い出した。

ブレッドやメリルにメリッサは旅慣れしているし、ミラも身のこなしから訓練を受けている者のようだ。

この中で一人、シーラだけが運動を苦手としているのに見落としてしまっていた。

「今日はここに泊まることにしよう」

彼女の様子を見る限り無理をさせないほうがよいと判断したので、皆に告げる。

「本当に？　だったら、狩りをしてきていいかな？　さっき美味しそうな子鹿ちゃんが視界の端に映ったんだよね」

メリルが顔を上げ嬉しそうな声を出す。

「そう言って、いつも俺に夜営の準備をさせるんだよな？」

ブレッドが冷めた視線を二人に向ける。

「違うってば！　この場所に来たばかりだから、せめて美味しい肉を狩っておこうと思ったんだよ！」

道中の食事はすべて俺の亜空間から出している。まだ余裕はあるのだが、獲物を取ってきてくれるというのならそれに越したことはない。

「確かにそれはそうだな、なら仕方ない。設営はこっちでやっておくか」

ブレッドはそう言うと、メリッサとともに設営の準備を始めた。

その間どうするか考え、ここ最近シーラと話をしていないし声を掛けようか悩んでいるとローブが引っ張られる。

「何だよ？」

「ピートも来てよ」

メリルは当然とばかりにそう言う。

「何で俺が？」

「狩った獲物を引きずってくるの面倒でしょ？　ピートが亜空間に収納してくれたら楽だし、いっぱい狩れるじゃない？」

「いいから、行ってやれ」

明らかに面倒ごとを押し付けようとするブレッドを睨みつけると、俺はメリルに引っ張られて狩りに向かうのだった。


「へへへ、一緒に狩りするのって何年振りだろうね？」

両手を後ろで組むとメリルは嬉しそうに俺に笑いかけてきた。

そんな彼女の無邪気な笑みを見ると、懐かしさを覚えながら過去の記憶も蘇ってくる。

「五年前じゃないか？　確か……キラービーの囮にされたんだよな」

俺がそう言うとメリルはさっと目を逸らす。

「あの時は死ぬかと思ったんだからな？」

五年越しに告げる恨み言を、彼女は両手で耳を塞ぐと聞こえない振りをした。

しばらくの間睨みつけていると、観念したのかこちらを向いた。

「ご、ごめんってば！」

メリルはそう言うと両手を合わせて謝った。

「まあ、最終的に無傷だったし、目的は果たせたからいいんだけどな……」

こうして笑い話にできるだけの時間を彼女たちとは送ってきている。

「私とメリッサがブレッドに引き取られることになった時だよね？　最後に孤児院の子どもたちにお菓子を作ってあげたいと思ったんだよね！」

その冒険を最後に彼女たちは孤児院を出た。それまで俺たちは同じ場所で姉弟のように育ったのだ。

主にメリルやメリッサに引っ張り回されてばかりいた気がするが、あの時の経験があるからこそ、俺は冒険者になることができたのではないかと思う。

人間、アレよりマシと思えば何だって頑張れるからな……。

そんな風に思い出を懐かしんでいると、メリルがじっとりとした視線で俺を見てきた。

「何か失礼なこと考えてる気がするよ」

「……気のせいじゃないか？」

勘が鋭い。昔から俺が少しでも余計なことを考えるとメリルはすぐに気付いていた。

最後の日には互いに涙を流し別れたのだが……。

「まさか、あの時の縁がここまで続くなんてね」

冒険者になって再会することになるとは思っていなかった。

「本当にな、冒険者ギルドで話し掛けられた時は驚いたよ」

あの日以来、俺たちの付き合いは続いている。相変わらず姉と弟のような関係ではあったが、それが妙に心地よかった。

「そういえば、俺たちがこうしてここにいるということは孤児院は大丈夫なのか？」

俺もメリルもメリッサも冒険者の報酬の中から孤児院に寄付をしていた。それが完全になくなってしまったと考えると運営できなくなるのではないか？

「それは平気だよ。私たちの財産は会計の人に任せて運用してもらってるし、そこから孤児院に寄付を継続してもらってるからね」

「なら安心だな」

子どもたちが路頭に迷うことがないと聞いて安心する。

「それにピートも遺言を残してたでしょう？」

俺が死亡した際、これまで稼いできた金を孤児院に渡すと冒険者ギルドに遺言として残している。

罪人として投獄されはしたがそちらは有効なはず。

「あそこには思い出が詰まっているからな」

メリルやメリッサなどと同様に幼少期を兄妹のようにすごした者が何人もいる。今はそれぞれ巣立ってはいるが、皆たまに孤児院に顔を出しているそうだ。

「このダンジョンでお宝をいっぱいゲットして外に出たら一緒に顔出しに行こうよ」

俺が孤児院のことを考えていると思ったのか、メリルはそんな提案をしてきた。

「そうだな、その時は建物も建て直して皆で住めるようにしてしまうか」

この深淵ダンジョンに投獄されたからといってすべてを失ったわけではない。俺は明るい未来を想像すると、メリルに笑いかけるのだった。

第四章

14

洞窟を出た俺たちは、一週間ぶりに拠点に戻ってきた。

出掛けた時と変わらず、ログハウスを見た俺とシーラはホッと息を吐いた。

このような場所でも帰る家があるというのはどこか嬉しいものだ。

そんなわけで、俺たちはログハウスに入ると腰を落ち着け、早速話し合いを始めた。

「まずは皆お疲れ様。特に困難もなくこうして無事に拠点まで戻れてよかったよ」

俺は道中について思い出していた。

人数が増えて騒がしくなったからか、途中何度かモンスターに遭遇したのだが、ブレッドたちの活躍により撃退できた。

「……と言っても、敵が近付く前にピートが発見してくれたから安全に倒せたんだけどね」

「まさか支援魔法まで覚えているとは思わなかったぞ」

「普段より身体がよく動いた」

メリルとブレッドとメリッサがそのようなことを言う。

「支援魔法と言っても、元々の身体能力を増幅させるものだから、俺やシーラやミラにはあまり恩恵はないんだよな……」

一応、移動中の補助としてシーラやミラに掛けてみたが、いつもよりマシ程度にしか効果を発揮していない。

トレーニングをして体力をつけなければ効果が薄い魔法なので、恩恵にあずかったのは彼らが身体を鍛えていたからだ。

「あの状態ならSランクモンスターとも渡り合えそうだし、今後が楽しみになったぞ」

身体能力が一番向上したのはブレッドなので、強敵と戦いたくてウズウズしているようだ。やはりメリルとメリッサがこうなったのはブレッドのせいではないかと思った。

「一ついいかな?」

メリルは手を挙げると眉根を寄せ不満そうに言った。

「このログハウス、狭くない?」

全員が輪になって座ってはいるが、確かに狭い。それというのも、元々は俺とシーラとフォグが住めれば良いと考えて建てたからだ。

当時は今程余裕がなかったので、広い家を作る時間がなかった。

「せっかく久々の屋内なのに、これじゃあゆっくり寛げないよ」

特に、ブレッドなどは身体もでかければ装備も大きい。その分スペースを取ってしまっているので肩身が狭そうだ。

「とりあえず、そのことも含めて今後について話しておきたいと思う」

俺は皆を見回すと全員と視線が合ったのを確認する。

「道中にも話しておいたが、俺とブレッド、メリル、メリッサはここで準備を整えたあと、ダンジョンの中心を目指そうと考えている」

シーラが胸をギュッと握り、ミラがこちらをじっと見てきた。

「これまでの道中でわかるように、この深淵ダンジョンの内部は危険なことが多い。強力なモンスターや過酷な環境。魔導トラップ、その他にも色々と……」

これから向かう先は未知の領域なので、どのような危険が待ち構えているか読みきれないのだ。

「俺たちも絶対に生きて帰れると考えているわけじゃないんだ」

俺の言葉に三人が真剣な表情で頷く。俺たちは既に最悪の事態を覚悟している。

「だから、無理に俺たちに付き合う必要はない」

そんな危険な旅に無理してついてくる必要はないと告げると、

「一つ質問をよろしいでしょうか？」

ミラはまっすぐ手を伸ばすと質問をしてきた。

「構わないぞ、ミラ」

「もし、私とシーラ様がこちらに残るとなった場合、どのように扱われるのでしょうか？」

シーラは良家の子女でミラはその世話係をしていたのだと話は聞いている。

二人の目的は何よりまず生き延びること。女二人で残った際にどれだけの支援をもらえるのかが気がかりなようだ。

そうなる可能性について考えていた俺は、あらかじめブレッドと決めておいた内容をそのまま伝えることにした。

「まずはこのログハウスの提供と、モンスター避けの結界の魔導具の提供、その他に収納の魔導具の提供に、数ヶ月はすごせる食糧の確保といったところかな？」

俺の返答にシーラとミラは目を大きく見開き俺を見た。

「ちょ、ちょっと待って！　ピート！」

「ん、何だよ？」

血相を変えたメリルが俺に詰め寄ってきた。

「結界の魔導具と収納の魔導具って、そんな神器クラスのアイテムを作れるの!?」

「俺の亜空間の腕輪クラスや外の世界の大規模結界クラスは流石に無理だが、劣化版なら何とか作れなくはない」

もっとも、作るのに相当な魔力量が必要になるので、破邪の杖の消費魔力減少を利用しても日数が必要になるだろう。

「私も欲しい！」

「話を聞いてたか？　まずはシーラとミラが優先だ」

「そのあとでもいいから、おねがーい！」

猫撫で声で甘えてくるメリル。俺は溜息を吐くと、

「消費魔力が半端なくて一人で作るの凄く大変なんだ。全部片付いたらな？」

「やった！」

メリルは両手を合わせると嬉しそうな顔をして引き下がる。

「話の腰を折ってすまない。結界は込める魔力次第でかなり高ランクのモンスターの侵入も防げるようになるし、収納はカバン一つで倉庫分の荷物を収納することができる」

「はい！　ピート！」

珍しく、メリッサが挙手をする。

「何だ、メリッサ？」

「収納の魔導具はいらないと思う」

「どうしてだよ？」

メリッサは言葉が足りないので彼女の意図を読み取るためには質問を繰り返さなければならない。

「ブレッドが倉庫を建てれば解決だから」

「俺がかよ!?」

メリッサに指をさされて叫ぶブレッド。彼女の傍若無人さは育ての親にも及ぶようだ。

「ん、ブレッドは力があって器用だから、家くらい建てられるよね？」

「まあ、わりと得意な分野だが、材料の確保を一から一人でとなるとかなり大変なんだぜ？」

メリッサに甘いのか、既にやることを前提で話すブレッド。

「メリッサの指摘ももっともだ。大容量の収納だけなら何も魔導具にこだわる必要はないな」

何せ、森も含めて大きな土地が広がっているのだから。

「でも、俺の魔導具なら時間経過減少の効果も付与することができる」

「それは、どのようなものなのですか？」

ミラの質問に答える。

「俺が開く亜空間は中に入れた物の時間を停止してくれて、常に同じ状態を保つことができる。時間経過減少は中ですごす時間経過が緩やかになるくらいだ。それでも食糧は随分と日持ちするようになるから、不測の事態にも対応しやすいんだ」

何かの事情で食糧が採れなくなったり、この場所を放棄しなければならない時がきても、これさえあれば食事に困らないし、移動することもできるメリットがある。

「なるほど、それは素晴らしい魔導具ですね」

ミラは口元に手を当てると魔導具の性能に感心している。

先程から、俺とブレッドとメリルにメリッサばかりが声を出していて、肝心のシーラが何も言っていないので気になり彼女を見る。

シーラは不安げな表情でじっと俺を見続けていた。

合流してからあまり彼女と話す機会がなく、シーラが一体何に不安を覚えているのか、これでは足りないのなら何が欲しいのか知りたいと思っていると……。

「メリルじゃないけど、その魔導具、俺たちにもあったほうがよくないか？」

ブレッドが話し掛けてきた。

「言ってなかったが、この魔導具を作るのには本当に時間が掛かるんだよ。俺は魔力総量だけなら一般的な魔導師の数倍ある。破邪の杖は消費魔力を十分の一にしてくれる」

そのお蔭で好きに魔法を使えるようになった俺だが……。

「それでも遺失魔法は消費魔力が半端じゃないんだ。結界も収納も最低でもそれぞれ一週間掛かる上、効果を向上させるならその倍は欲しいくらいだからな」

戦闘力がない二人を守るにはそのくらいの効果は必要だと踏んでいる。

「つまり、纏《まと》めるとさ。私たちが中心に向かうために必要なのは、結界の魔導具、収納の魔導具、十分な食糧、全員ですごせる大きな家ってことでいい？」

「大きな家は必要か？」

メリルの纏《まと》めにツッコミを入れる。

「必要だよぉ。だって、話を聞く感じ結構長い時間準備するんでしょ？　狭い家だと色々面倒だし」

メリルの言葉にメリッサとシーラとミラまで頷く。ブレッドは特に気にしていないので男女の意識の差があるのだろう。

「なら、俺もそれを揃える方向で進めればいいと思うけど、シーラ、何か言いたいことあるか？」

俺は先程からだんまりのシーラに話を振る。

全員の視線が集中したシーラは緊張したような表情を見せ、口を何度か開き何かを言おうとするのだが……。

「ごめん、大丈夫」

ボソリと一言告げるのだった。

★

話し合いをした翌日から、俺たちは早速準備に取り掛かることにした。

シーラとミラには以前と同じように釣りをしてもらい、当面の食糧を確保するとともに燻製などの保存食も作ってもらう。

メリルとメリッサは森周辺のモンスターを駆除してもらいつつ、果物などを採ってきてもらう。

残ったのは俺とブレッドという男性陣なのだが、一番厄介な仕事を押し付けられてしまった。

「それじゃあ、ブレッドはこの辺に生えている木をなるべくたくさん斬り倒してくれ」

俺は力仕事に向いていないので、この手の作業をブレッドに頼む。

「いくら何でも鬼畜すぎないか⁉」

ブレッドの持つ大剣は硬いウロコを持つモンスターの皮膚をも斬り裂くことができるのだが、それでも木を斬り倒すのが簡単なわけではない。当然抗議してくるとは考えていた。

「ちょっとその、大剣を貸してくれ」

なので、あらかじめ考えていたことを実行することにする。

「おお、構わないが怪我をしないようにな」

ブレッドは鞘に入ったままの大剣を俺に渡してきた。

手にずしりと重さが伝わる。この重量を持って彼はモンスターに多大なダメージを与えているのだろう。俺にはとてもできない技能なので、尊敬に値する。

「一体、何をするつもりなんだ？」

「まあ、見ててくれ」

疑問を浮かべる彼に笑ってみせると、俺は大賢者のサークレットから知識を吸い出した。

柄に嵌められている宝石に触れると……。

「エンチャント・ウインド」

「なっ⁉」

ブレッドが驚き声を上げた。

「剣に風を纏《まと》わせたんだ。重量も軽減できるし、風自体にも鋭さをもたせているからよく斬れるはずだぞ」

そう言って軽くなった大剣を彼に返した。

「何だこれ、軽すぎて持っている感覚がないぞ！」

「大袈裟な、普通に重かったぞ？」

これまでに比べて軽いという意味なのだろうが、俺が持つと普通程度には重かった。

「あまり思いっきり振ると危なそうだよな……」

早速試してみるつもりなのか、ブレッドは大木の前に立つと大剣を構えた。

「ふっ！」

呼吸を吐くとともに大剣を真横に振るうと、何の抵抗もなく大木をすり抜ける。

——ズズズズ……ズンッ！

次の瞬間、大木は倒れ、あとには綺麗な断面が残っていた。

「こりゃ凄い！」

自分でやっておきながらブレッドは驚きを隠せずそう呟く。

「しかし、元々やれるやつだと思ってたが、付与まで扱い始めると手がつけられねえな」

「別に……神器があれば誰だってこのくらいできるさ」

大賢者のサークレットから知識を読み取っているので、自慢するようなことでもない。

「いくら知識があっても扱えるかどうかはセンスだろ？　どんな名剣だって見習い剣士が持ったところでドラゴンには勝てやしねえ。お前には元々魔法の才能があったんだよ」

ブレッドは以前からそう口にして俺を勧誘してきた。

当時の俺は、メリルやメリッサと比較されるのも、贔屓《ひいき》されているように見えるのも嫌で断っていたのだが……。

「そんなことより手を動かしてくれ。家が完成しなかったら俺たちは野宿なんだからな」

昨晩四人にログハウスを追い出されてしまい、二人だけテントで寝たことを思い出す。

家が完成するまではこのままなので、暖かい家に住むためには頑張らなければならないのだ。

「おう、この力があれば木材をあっという間に用意できるからな。待ってろよ！」

俺の狙い通り、やる気を出したブレッドは、このあと物凄い速度で周囲の大木を斬り倒していくのだった。

★

ピートとブレッドが森で家を作っている間、シーラとミラは並んで釣りをしていた。

誰にでもできる単純な作業で、二人は魚がかかるまでじっと見ている。

シーラの膝にはフォグが乗っており、シーラは無心でフォグを撫で続けている。

そんな時間がしばらく続くと、

「姫様」

「何？」

ふと、ミラがシーラに話し掛けた。

普段彼女はシーラのことを『シーラ様』と呼んでいる。

「姫様はトラテム王家最後のお一人になってしまいました。決して血筋を絶やすようなことがあってはなりません」

「……わかっているわよ」

合流した際、ミラは反乱によって起きたことのすべてをシーラに話してある。

国王と王妃を含む、親しい者たちはすべて殺されてしまったこと。そのことを知らされたせいで最近シーラは元気を失っていた。

「いずれここを脱出して御父様と御母様の無念を晴らすためにも私は死ねない」

シーラはそう言うと俯く。ミラからはどのような表情をしているのかわからなくなった。

落ち込んでいる原因が他にもある。そう察したミラはシーラに確認する。

「姫様の素性をピート様に明かすつもりはないのですか？」

身体がピクリと揺れ、フォグが顔を上げシーラを見た。

「ブレッド様やメリル様やメリッサ様の人格は、道中一緒に行動してきた私が保証いたします。姫様さえよろしければ、こちらの身分を明かして協力してもらうこともできるのではないでしょうか？」

ミラの目から見てピートはシーラを特別気にかけているようだった。王家の者であることを明かし報奨を約束すれば手駒に加えることも可能だと判断をしていた。

「協力って……私が王権を取り戻すためのよね？」

「他に何がありますか？」

両親を討たれすべてを奪われてしまった。それを取り戻すこと以外に優先すべきものはない。ミラはそう強調する。

「そう……そうよね……」

ここにきて、踏ん切りがつかないシーラの様子に、何か言い出しづらい事情でもあるのかとミラは察した。

「もし姫様が話しづらいとおっしゃるのなら、私から皆様にお伝えいたしますが」

「駄目！　言わないでっ！」

「ひ、姫様？」

「ごめん。私から……言うから……」

明確に身分の差を突きつけたら、これまでのように接してくれなくなるかもしれない。

シーラはそう考えると、胸に痛みが走った。

「せめて、もう少しだけこのままで……」

自分はいずれ王位を取り戻すためトラテムに戻ることになる。少しの時間だけでも何者でもないシーラとして彼の傍にいたい。別れの期限はとうに切られているのだから……。

15

空が大分暗くなり、その日の予定を終了した俺たちは、森の中にできた新しい拠点へと集合していた。

「凄っ！」

新しい家を見るなり、メリルが目を見開いて叫ぶ。

「やはりピートに常識は通じない」

メリッサが開口一番に酷いことを言う。

「わずか半日でここまで立派な家を建てるとは、ピート様もブレッド様も規格外ですね」

ミラは胸元に手を当てると首を上に向け、建物の大きさに圧倒されていた。

「ピートのやることにいちいち驚いてたら身が持たないわよ、ミラ」

そしてシーラはなぜか諦めたように溜息を吐いた。

「いやぁ、面白いように木が斬れるからつい……な？」

やりすぎたことに気付いたのか、皆の視線を受けブレッドが苦笑いをする。

俺たちが作り上げたのは木材の他に土台に石を利用した木製の二階建ての家だった。

「言い訳させてもらうと、俺はひたすら木を伐採して広場を広げていただけだぞ！」

「それにしたってやりすぎだろ。まだこんなに余ってる」

木を斬り、地面を魔法で掘り起こし整地したあとで家を組み上げたのだが、これだけ広い家を建ててもまだ木材が余っている。

「これを半日で作れるなら、最初の時ももっと大きな家を作れたんじゃない？」

シーラがそんな疑問を俺に投げかけてきた。

「あの時はあれだけのログハウスで魔力が限界だったんだよ」

最近、魔法を行使する回数が増えたからか、以前よりも明らかに疲れなくなった。おそらく、魔力が増えているのだと思うが……。

「そういえば、うちのパーティの魔導師が言ってた」

メリルは口元に手を当てつつ告げる。

「『魔力は魔力切れギリギリまで使ったほうが成長する』って」

「それはそうかもな。俺たちも肉体をギリギリまで痛めつけたほうが力が上がるし」

「魔力も筋力も同じ、いじめた分だけ増える」

三人は口々にそんなことを言って盛り上がる。

「ソロで無理しないようにしてたからな……」

元々魔力が多かったので無理をする必要がなかったのもあるが、鍛え方を知らなかった。

「つまり、私と出会ってピートが無理をするようになったから、魔力が増えたんですか？」

シーラは自分を責めるように確認してきた。

「それは違うぞ、シーラ」

俺は彼女の肩に手を置く。

「シーラを護りたいと思ったお蔭で魔力が増えたんだよ」

無理をしたわけではない。自分の意思で行動した結果だ。

「どうせ、私たちは護られるような存在じゃないもんねー」

「ピートは弟だから護ってあげる存在」

何やら二人が妙なことを言って絡んできた。

「まあ、なんにせよ伸び代があるってことは魔力総量の増加次第では予定を前倒しできるってことだろ？」

「そうだな、戦闘を三人に任せられる分俺の魔力を温存する必要はないから、訓練も兼ねて魔導具を作るとするか」

「ひとまずここで話していても仕方ないし、中に入ろうよ」

メリルがそう言うと、俺たちは家に入った。

「とりあえず、一階はリビングにする予定で、各自の部屋は二階に用意した」

家に入ると、間取りについて皆に説明をする。

半日ではここまでで限界だったのだが、どうにか個人の部屋は確保した。

「一階にはこのあと、キッチンを作りたい。暖炉に関しては暖房の魔導具で代用しようかと考えている」

媒体のミスリルは腐る程あるので、どうせならすごしやすい家を目指すべきだろう。

「ちょっと待って、ピート!」

「うん？　どうした、シーラ？」

「流石にやりすぎじゃない？」

俺が気持ちよく解説をしていると、シーラが待ったを掛けてきた。

「オール魔導具の家など、貴族でも実現するのが大変です。それをこんな場所でやってしまっても良いものかと……」

彼女が何を気にしているのか、ミラが代弁した。

「今の魔導技術は古代魔導文明を手探りで再現しているからな、確かに貴重と言われればそうなん

「だが……」

俺は頬を掻く。

「大賢者のサークレットにより知識を得ているから、他の魔導師に比べて付与が難しくないんだよ」

完全な付与魔法を扱えれば魔力さえあれば魔導具を作るのは可能だった。

「どうせなら快適に暮らせるほうがいいだろ？」

シーラがこの先もすごすことになる場所なのだから、一切妥協するつもりはない。俺がそんなことを考えていると伝わったのか……。

「あの……ありがとう」

シーラは俺のローブを摘むと恥ずかしそうに御礼を言った。


各自の部屋の割り当てが終わると、俺たちは食事を摂ることにした。

リビングのテーブルにはその日採れた食材が料理され並べられている。

料理をしたのはミラだ。

彼女はメイドなので一通りのことはできるらしく、ここまでの道中も料理や洗濯など細かい部分で俺たちの力になっていた。

家が完成し、皆でテーブルを囲んでいると自然と昔に戻ったみたいで安らぎを覚える。

「山菜も豊富だし動物も獲り放題だったよ。いいところだね、ここ」

メリルなど先程から饒舌《じょうぜつ》になり、今日の成果について話していた。

「魚もたくさんいますし水も豊富なので言うことはありません。これ程の場所ならなんら不自由なく暮らしていけそうですね」

ミラも気に入ったようで、自分が釣ってきた魚を食べながら満足げな様子だった。

「しかし、深淵ダンジョン内にこんな場所があるとは……。権力者が知ったらこぞって侵略しに来るんじゃないか？」

食事を終えたブレッドは腕を組むとそう言った。

「確かに、洞窟を抜けるまでに罠やモンスターはいたが、Sランク冒険者や騎士を揃えれば突破できなくはないし、その先に豊富な資源があると考えると支配下に置こうとしそうだよな」

「うぇー、それ最悪だよ」

「……絶対に許さない」

俺とメリルとメリッサは渋い顔を作ると、ルケニアがいかにもやりそうなだと思い、さらに表情を歪ませた。

「あの……どうかされたのでしょうか？」

そんな俺たちを見て、ミラが質問をする。

「すまんな、こいつらは色々あって権力者が嫌いなんだ」

「そ……そうなのですか？」

驚きこちらを見るミラ。

「まあ、正直なところを言うと距離を取りたいとは思ってるよ」

「ど、どうして!?」

いきなりシーラが大声をあげる。

「俺たちが孤児院にいた話はしたよな？」

ミラとシーラは頷く。

「孤児院の運営費は国から援助されるんだが、それを管理する貴族が中抜きしていたんだ」

当時、俺たちは食事にも困っており、孤児院を出た冒険者の寄付が唯一の命綱だった。

「そのことが発覚して、担当する貴族が代わっても同じことが何度も起きた」

メリッサは淡々と言っているが内心では怒っている。

彼女たちがブレッドの元に行ったのは孤児院の口減らしという理由もあったから……。

「ピートに無実の罪を着せたこともだけどさ、自分たちは安全な場所で指示をしてるだけじゃん？」

メリルはヒートアップしたのか、テーブルを叩くと怒りをぶちまける。

「まあ、そう言うなって。権力者の中にもまともな人間だっているんだから」

ブレッドがそんなメリルを落ち着かせようとするのだが、

「それ、ほとんどはまともじゃないと言ってるようなもの」

メリッサにズバリと突っ込まれ黙り込む。

俺たちの国の事情をトラテムですごしてきたシーラたちに告げても仕方ないと思うのだが、確かに権力者にはあまりよい印象を持ってない。

「シーラ、どうかしたか？」

あまり気持ちの良い話ではなかったからか、シーラは黙り込んでしまっていた。

彼女は席を立つと、

「疲れてしまったので先に休むわね」

自分の部屋へと戻って行ってしまった。

★

「それじゃあ俺は魔導具作りをするから、皆は昨日と同じように食糧の確保を頼む」

翌日になり、皆で揃って朝食を摂るとそれぞれの作業へと向かってもらう。

ブレッドとメリルとメリッサはよく眠れたのか、元気な姿で出てきた。

それに対し、ミラはいつも通りの無表情で、シーラは笑顔を見せてくれてはいるがどこか翳《かげ》りが見える。

「……と。俺も作業をしないとな」

皆ばかり働かせるわけにはいかないので、早速魔導具作製に取り掛かるとしよう。

「まずは、暖房の魔導具の作製だな」

この場所は朝と夜は冷え込むので、温度調節ができる魔導具をリビングと各部屋に設置することにした。

テーブルにミスリルの欠片を並べると、そのうちの一つを手に取る。

込められる魔力量は大きさによって変わるので、なるべく大きい物のほうが良いだろう。

「エンチャント・コールド、エンチャント・ウインド、エンチャント・ヒート」

急激に魔力が減っていく。水属性、風属性、火属性の三段重ね掛けだ。

以前にもログハウスで作ったのだが、属性の重ね掛けはかなり魔力を消費する。

「完成……したな？」

前に作った時はこれだけでいっぱいいっぱいになっていたのだが、魔力総量が増えたお陰でまだまだ余力がある。

「……でも、流石に全員分を作るとこれだけで今日一日が終わってしまう気がする……」

属性の多重掛けはそれだけ魔力の消費が激しいのだ。他に優先するものもあるのでどうしようかと悩んでいると……。

「ピート？」

シーラが外から戻ってきた。

「ん、どうしたんだ？」

彼女はおずおずと風の魔導具を差し出してくる。

「今日は燻製を作ろうと思って、火を起こしてたんだけど、風の魔導具が壊れちゃったの」

彼女の手から風の魔導具を回収して点検してみる。

「ああ、魔力が切れてるな」

魔導具の動力は魔力なので、魔力がなければ動かすことはできない。

そこまで活用すると考えていなかったので、少ししか魔力を込めていなかったのだ。

「はい、これで大丈夫」

魔力を込めた魔導具を彼女に手渡す。

「あ、ありがとう」

魔導具を受け取ったシーラだが、その場から動こうとしない。どうしたのかと思いながら見ていると……。

「ピートは何の魔導具を作ってるの？」

俺と目が合うと、彼女は焦った様子で話題を振ってきた。

「ログハウスにもある冷暖房の魔導具だよ」

「へぇ、確かに便利だもんねー」

彼女は俺が作っていた魔導具を見るとそう言った。無意識なのか距離が近く、最近避けられている気がしていたのでどこかホッとしてしまう。

「ところが、問題が一つあってだな」

「えっ？　何々？」

「一つの媒体に属性を三つ付与するにはかなりの魔力を消費するんだ」

前の属性を壊さないように付加するには付与技術と魔力が必要になる。

「本来なら全部の部屋に冷暖房を用意してやりたいけど、時間が掛かるんだよなぁ」

ぼやいている間、シーラは口元に指を当て首を傾げていた。

「私、魔導具というか……魔法について素人だから見当違いなこと言ったらごめんね？」

「いや、思いついたら何でも言ってくれて構わないぞ」

言いにくそうな彼女に続きを促す。

「あの冷暖房の魔導具って熱か冷気を発生させてそれを風で室内に送るって仕組みよね？」

「それで合ってるよ」

それこそが昔の魔導師が考案した魔導具の真髄。三つの属性を一つの媒体に付与した芸術とも言える魔導具だ。

「でも、役割を果たせるなら別に一つに付与する必要なくない？」

「どういうことだ？」

「ピートは手軽に属性を付与して魔導具作ってるじゃない？　たとえば、熱を発生させる魔導具と風を発生させる魔導具を分けたらもっと簡単じゃないかな？　って思ったんだけど……」

おそるおそる告げるシーラ。

「そもそも、魔導具に重ね掛けする必要があったのは、媒体が貴重だからなんだよ……だから皆頑張って一つの媒体に属性を――」

「でも、ピートは媒体いっぱい持ってるよね？」

テーブルに散らばっているミスリルの欠片を指さすシーラ。

「あっ！」

言われてみればそうだ。俺にはここに来るまでに討伐したミスリルゴーレム三体分の材料が丸々残っている。

端から見れば勿体ない付与の仕方になるが、腐る程余ってるのだから活用してしまえばいいのだ。

「シーラ、天才だな！」

「えっ！　ええっ⁉」

感動のあまり彼女の手を握ると、シーラは困惑した様子を見せた。

「そうだよ、単属性付与で数を作っておいて差し替えればいくらでも汎用性のある使い方ができるじゃないか！」

これなら、付与自体も手早くできるし、数を作っておけばいざ壊れた時に壊れた魔導具だけ差し替えれば済む。

「私……役に立てた？」

「勿論だぞ！　シーラがいなかったらどうなっていたことか……」

この発見はでかい。作りたいと思っていた魔導具の属性を分解していけば、さまざまな魔導具を作ることができる。

「私でも役に立てたんだ……えへっ」

隣では嬉しそうに微笑むシーラがいるのだが、俺は大賢者のサークレットから知識を引き出すことに夢中になる。

「なるほど、これなら遺失魔法もある程度なんとかできそうか……」

「おーい、ピート？」

次々にアイデアが浮かんでくる。俺はそれを頭の中で整理するのだが……。

「もうっ！」

バタンと音がしてシーラが出ていった。

「あれ？　シーラ？」

数分後、俺が我に返るとシーラは既にいなくなっていた。

16

「さて、シーラのお蔭で魔力の消費に関してはあまり気にしなくて良くなったし、次は何を作ろうかな？」

新しい方式で魔導具を作製して各部屋に設置してきた。

気温は低めなので、水属性の魔導具は設置しなかったので魔力も節約できた。

「やっぱり、まずは収納の魔導具かな？」

皆が食糧を集めてくれているのでまずはこれが必要だろう。

最初に作製しておけば実験を繰り返すことで簡易化させたり不具合を発見することもできるかもしれない。

収納の魔導具に必要な付与は主に四つだ。空間拡張、時間減少、冷気、重量軽減と普通の魔導師では扱えない属性が三つも付与されている。

空間拡張はカバンの中の容量を増やすことができるのだが、拡張にはそれだけの魔力が必要になる。

俺は大きいミスリルの欠片に空間拡張を付与し始めた。

「くっ……やっぱり……かなりきついぃ！」

破邪の杖を用いても魔力の消費が半端ない。単属性の付与で良かった。今ならこの空間拡張だけに専念することができる。

「無理もないか、本来は数十人の魔導師が交代で魔力を注ぎ続けるんだから……」

古代の魔導師がこの付与をどうやっていたかというと、空間拡張を扱える魔導師を集め交代で付与し続けたらしい。

「はぁはぁ、どうにか……注ぎ終えたぞ」

数十分が経ち、何とか魔力ギリギリで付与を終えた。

「久々に魔力が空っぽだ」

床に転がると頭がぼーっとする。魔力欠乏によるめまいだ。

「ピート様⁉」

「あれ？　ミラ？」

俺が倒れているとミラが現れた。

「どうなさいましたか？」

ミラは俺に近寄ると背中に手を添えて起こしてくれた。

「魔力切れを起こして休んでたんだよ」

まだ頭がふらつくが、どうにか体勢を維持するとミラにそう答えた。

「そういうミラこそどうしたんだ？」

彼女に聞いてみると、

「私は綺麗な布を取りに来ました。シーラ様の身体が汚れてしまいましたので……」

シーラは燻製を担当しているので放っておけば身体がすぐ煤《すす》まみれになってしまう。

本人は実に楽しそうに燻製が出来上がるのを見ているのだが、仕える者としてミラは彼女のことが気になるのだろう。

「ところで、先程シーラ様がこちらにいらしたかと思うのですが、何か話されましたか？」

ミラは俺に探るような視線を向けてくる。

「魔導具が魔力切れしてたから補充したのと、少し話をしたくらいだな」

途中でいつの間にかいなくなっていたのだが、彼女に何か問題があったのか？

「シーラがどうかした？」

「いえ、昨晩よりも元気になられていたので、ピート様が何かおっしゃったのかと考えたのですが？」

「特に身に覚えがないな」

俺は正直に答えておく。

「左様ですか、では私も仕掛けが気になりますのでこれで失礼いたします」

ミラは丁寧な御辞儀をすると出ていった。

「俺はどうするかな？」

魔力がほとんど切れてしまっているので、今から収納の魔導具作製の続きをするわけにもいかない。

あとのことは皆に任せて休んでしまおうかと考えるのだが……。

『シーラ様の身体が汚れてしまいましたので』

ふと、ミラの言葉が思い浮かぶ。

「……さて、もう一仕事するか」

俺は身体を起こすと、残る力を振り絞りとある魔導具作製を始めるのだった。

★

「ほぇー、本当に魔導具が設置してあるー」

夜になり、全員が家に戻ってくる。

俺は本日設置した魔導具について全員に説明をしていた。

「全員の部屋に設置してある魔導具は三つだな。照明、加熱、送風が付与してある」

試しに魔導具を起動してみせる。

「凄いな。魔法もロウソクもなしに簡単に明かりがつけられるなんて」

「しかも暖かい風が来る」

ブレッドとメリッサがそんな感想を口にする。

「それぞれ単独になるから暖房は加熱と送風を同時に起動してくれ」

それで室内に暖かい空気が行き渡るようになっている。

「流石ピート。偉い」

メリッサは無表情で俺の頭を撫でてくる。

「いい加減弟扱いはやめてくれ」

手を払うと残念そうな顔をするのだが、普段ならいざ知らず、シーラやミラが見ている前では恥ずかしさが勝った。

「ピートは弟みたいなものだから断る」

どうにかして欲しくてメリルをじっと見る。

「だよね、関わった時間が長すぎて今更他に見ようがないもん」

自分では一人前になったと思っているのに、いつまでも変わらない対応に不満を抱く。

「二人ともその辺にしておいてやれ」

そんな俺の内心を知ってかブレッドは苦笑いを浮かべ二人を窘めた。

メリッサとメリルが俺から離れるとシーラと目が合った。

今回の件、俺だけの手柄ではない。

「本当はこの魔導具を設置するにしてももっと時間がかかる予定だったんだが、シーラのアドバイスのお蔭で随分と助かったんだ」

「へぇ、シーラも凄いんだ」

「シーラ、偉い！」

メリルとメリッサはターゲットを変えシーラに抱きつくと頭を撫で始めた。

「わ、私は別に大したこと言ってないよ」

「そんなことはないぞ、シーラの一言は俺にとって技術革新にも近いアイデアだったさ」

話している間もメリルとメリッサにもみくちゃにされるシーラ。

「ちょ、ちょっと二人とも！　私汚れてるからっ！　煤が付くよ！」

「平気平気、私たちも狩りで汚れてるし」

「沼に落ちたからベトベト」

確かによく見れば、メリルとメリッサの身体には泥が付いている。

「は、離れてー！」

それを聞いたシーラは涙目になってそう主張するのだが……。

「そうだ、あと一つ魔導具の説明があったんだ」

俺たちは一階へと移動する。

「ん？　ここに小部屋を作ったのか？」

ブレッドが首を傾げる。前日にこのような場所を設けていなかったからだ。

「ああ、魔力と時間があったから今日はこれを作ってた」

ドアを開けると中には石造りの槽と二つの魔導具が設置してある。

「何ここ？　洗い場？」

窓と排水口を設けてある。それを見てメリルが首を傾げた。

「確かに洗い場に近い造りですね、ですがこんな槽まで用意する必要はなさそうです」

ミラが鋭い指摘をする。

「これはな、風呂場だよ」

「「「「風呂場？」」」」

「こんな場所だから、汚れを落とせる場所は限られてるだろ？　家の中でなら皆安心して風呂に入れるんじゃないかなと思ってな」

「別に桶に水汲んで拭けば良くない？」

「……俺が入りたかったんだよ」

予想された突っ込みに俺は答える。

「ただの風呂じゃないぞ。遺失魔法のバブルウォーターの泡水が出る魔導具を使ったからな」

「そんなことのために魔導具を？」

メリッサの冷たい視線が突き刺さった。

「いいから、体験してみればわかるから！」

俺はそう答えると二人を風呂場へと押し込んだ。


しばらくして、風呂場から女性陣のはしゃぐ声が聞こえてくる。

「しかし、お前があんな魔導具を作るとは思わなかったぞ」

リビングに残ったブレッドが話し掛けてきた。

「遺失魔法は本当に優れてるからな。魔導具化の実験をしておきたかったんだよ」

「そういうことにしておいてやるよ」

ブレッドはそう言うと、生暖かい目で俺を見るのだった。

★

拠点で活動するようになってから十日が経過した。

俺たちは毎日、それぞれの役割をこなしながらこのメンバーでの生活に慣れてきた。

メリルはシーラと仲良くなり、一緒に釣りをしたり夜遅くまで部屋で話し込んでいたりするし、メリッサはミラと気が合うのか一緒にいることが多い。

俺もブレッドも気を配りつつ落ち着いて休めるようになった。

そんな中……。

「よし、完成したぞ！」

俺は額の汗を拭うとようやく完成した新しい魔導具を見て歓声をあげる。

「随分強固な作りにしたからな。これならよほど強いモンスターが現れても平気だろう！」

俺が作製したのは、結界の魔導具だ。使用すればドーム型の結界が展開され、外からの侵入を防ぐことができる。

問題はどの程度のモンスターまで想定すれば良いかわからず、普通ならBランク相当のモンスターを弾き返す結界になるのだが、膨大な魔力を注ぎ込んで作ったので、どれ程の強度になったかわからない点だ。

「もっとも、最高レベルで広範囲に展開したらあっという間に魔力切れするけど」

結界を維持するには魔力が必要なので、魔力が余っている時に溜めておかなければならない。

「とりあえず、これで準備は完了したな」

俺は溜息を吐くと、目の前に置かれた魔導具を見る。

当初の予定通りに完成させた収納の魔導具と結界の魔導具だ。

「そろそろ、皆に話さないとな」

俺は溜息を吐くと、間近に迫った別れに寂しさを覚えるのだった。

「私、聞いてないよ！」

夕食の席で、俺が魔導具の用意ができたことを告げたところ、シーラが椅子から立ち上がり青ざめた顔をする。

「だって……まだまだ時間が掛かると思ってたのに！」

彼女は目に涙を溜めると震えた声を出した。

「シーラが魔導具を簡易化するアイデアをくれただろ？　あれのお蔭で、収納の魔導具の付与を大幅に短縮することができたんだよ」

数日で完成させていたのだが、調整もあったので皆に話していなかった。毎日魔力を行使したお蔭で、魔力総量が増えて、結界の魔導具の完成も早まったということだ。

「シーラ……」

メリルが心配そうな表情をしてシーラに手を伸ばす。

「食欲がないから部屋に戻るね」

シーラは誰とも顔を合わせることなく部屋へと戻っていってしまった。

「もう、ピート。どうしてこのタイミングでそんなこと言っちゃうのさ」

メリルは責めるような目で俺を見てきた。

「いつ言っても変わらないだろ？」

俺たちは旅に出る準備をしていて、いずれ別れることになっていたのだから。

「違うよ、シーラだって覚悟を決める時間が欲しかったはずだし」

最近のシーラはよく笑いよく話し掛けてきていた。てっきり吹っ切ったものだと考えていたのだが……。

「とにかく、シーラ様とは私が話してきますね」

ミラが彼女の部屋に向かった。

「ピートもちゃんと謝る」

「どうして俺が……」

メリッサに言われてムッとする。引きずっているのはシーラだけではないのに責められるのは納得がいかないから。

「まったく、ピートもシーラも若いんだから仕方ねえな」

ブレッドのわけ知り顔に苛立ちながらも、

「俺も部屋に戻る」

俺は自分の部屋へと戻るのだった。


深夜になり、俺は寝付くことができずにベッドに横になっていた。

先程のシーラの涙を浮かべた顔が頭から離れない。

彼女にはやらなければならないことがあり、行動をともにするのも仲間と合流するまでと決めていた。

だというのに、どこか割り切れない自分に戸惑いを覚えている。

（もうすぐ離れ離れだというのに……）

シーラと話したいのに焦りばかりが浮かぶ。

——コンコンコン。

ドアがノックされる。

メリルやメリッサならすぐにドアを開けてくるし、ブレッドなら足音がするのでわかる。

誰が訪ねてきたのかと考えるも、ベッドから起き上がりドアへと向かう。

「ピート、起きてるかしら？」

ドアを開けるとシーラが立っていた。

「ごめんね、起こしちゃった？」

「いや、寝てなかったから平気だ」

不安そうな瞳で俺を見上げてくる彼女を部屋へと通す。

ベッドに腰掛け、彼女には椅子を勧めた。

シーラは少し躊躇《ためら》いつつも椅子に座ると俺を見る。

「さっきはごめんなさい」

か細い声を出し頭を下げると彼女は俺に謝った。

「いや、俺も突然悪かったな」

本当なら魔導具の進捗《しんちょく》具合をもっとちゃんと報告しておけばよかった。そうすれば、彼女がショックを受けずに済んだのだ。

「突然、終わりを目の前に突きつけられたから焦っちゃったのかな、駄目だよねこんなんじゃ」

シーラは右手で髪を弄《いじ》るとそう言った。

「私ね、ピートとすごした時間がとても楽しかったんだ。生まれた家からあまり出たことがなくて、ピートは私を普通に扱ってくれて、色んな体験ができて……」

シーラはこれまで俺とすごしたことを楽しそうに語る。

「でもね、ミラから聞いたの。私の御父様と御母様が殺されていて、家を再興するためには危険な状況になっちゃ駄目だって。私が死ぬと血筋が途絶えて……すべて終わってしまうから……」

彼女の言葉の端々に未練のようなものを感じる。先程までは割り切るつもりだった俺だが、シーラがこうして訪ねてきたことで我慢の限界が来てしまった。

「シーラ！」

「はい！」

俺は緊張しながら彼女の顔を見る。

「シーラの目的はこの世界を脱出して、家を再興するってことなんだろ？」

「そ……そうだけど？」

「ここに止まるつもりなのは、今のところここが一番安全だからって理由で合ってるよな？」

「ええそうね、ダンジョンの中心に進めばどんな危険があるかわからない。だから私は……あなたと……」

離れてここに残るのだと言おうとしているのだろう。シーラは顔を伏せてしまう。

この考えは俺の独断でブレッドにも相談していない。だけど、今言わなければ絶対に後悔すると感じた。

「だったら、俺が絶対に守ってやる！　どんなモンスターが現れても絶対に倒してみせるし、どんな危険が降り掛かろうと払ってみせる」

俺は一呼吸する。

「だからっ！」

「だから……？」

シーラの期待するような瞳に勇気付けられ、俺は言った。

「俺たちと……俺と一緒に来てくれ！　お前が必要だ！」

「はい」

彼女の涙が混じった笑顔を見て俺の心が温かくなる。

柄にもなく、シーラの涙を拭ってあげたいと思いベッドから立ち上がり彼女に近付くと……。

「って、ブレッド押さないでっ！」

ドアが開き、四人が部屋に雪崩《なだ》れ込んできた。

「おい、メリル。そこで一体何をしている？」

三人に押し潰されているメリルを、俺は冷たい声で問い詰めた。

「いやー、シーラを焚き付けた以上、ことの成り行きを見守ろうかと思ったんだけどね、まさかピートのほうから言い出すとは思わなかったよ」

「……というと？」

「私たちでシーラを説得した」

「あとはシーラ様からピート様に同行をお願いしてもらうつもりだったのですが」

メリッサとミラから聞かされ、シーラを見る。

「そうなのか？」

「うん、危険なのは承知の上で連れて行って欲しいと頼むつもりだったの」

完全に先走ってしまった。俺の顔が熱くなり火が出そうだ。

「それにしても、ピートの格好いいセリフったらなかったな。いいなー、シーラ。私も『お前を守ってやるよ』とか言われてみたい」

「私たちは『一緒に来てくれ』って言われたことない」

「ぐおおおおお……」

渾身《こんしん》の告白を身内に聞かれてしまった時の恥ずかしさをどうすればいいのか。

「こりゃ多分一生言われ続けるぞ」

ブレッドの言葉にいっそ殺してくれとすら願うのだが、シーラが俺の服を引っ張り耳元で囁いた。

「これでまた当分一緒にいられるね」

からかわれても十分な対価を既に得たのかもしれない。

結局この日は、皆朝まで起きていて今後について話をすることになった。

★

「本当にできるの？」

メリルが疑いの表情を向けてくる。

翌日、皆が目を覚ますと俺は外に出るように促した。

その理由は「どうせ全員で中心を目指すのならこの家を持っていけないか？」という問題に挑戦するためだ。

普通に考えるとこれ程大きな家を移動させるのは不可能だ。だが、実現すれば旅が随分と楽になるに違いない。

「ピートならきっとできるって信じてる」

シーラが全面的に信頼してくれているようで目をキラキラと輝かせている。

実は思いついただけで、もしかすると駄目かもしれないと考えているのだが、そのような期待を向けられると是が非でも成功させなければならないだろう。

皆が見守る中、俺は杖を構えると魔法を唱えた。

「アスポーツ」

「「「「おおおおおおおっ！」」」」

目の前に建っていた家が一瞬で消えてしまい、更地が残る。

先程まで家が存在していたのは確かで、地面が沈んでいた。

「本当に……家が消えちゃった」

シーラはポカンと口を開くと、信じられないような表情を浮かべポツリと呟いた。

「おいおい、あれだけ大きな家だぞ、本当に消しちまったのかよ？」

皆周囲を見渡し、家があった場所に立ち、家がどこに行ってしまったのか探している。

「ピート、説明して」

やがて、メリッサが催促すると、全員が種明かしを望んだ。

「今のは遺失魔法のアスポーツって魔法だよ。俺の所有物を亜空間に収納する魔法なんだ」

家を建てて数日、家の周りに斬った丸太が転がっていて邪魔だった俺は、亜空間に収納しようと考えた。

最初は一つ一つ丸太を持ち上げて収納していたのだが、酷く手間だったので何か方法がないか調べてみた。

　そこで行き着いたのがこのアスポーツだ。魔力で印を付けておけば所有物扱いとなるので、この魔法を使って亜空間に放り込んだのだ。

　この魔法を使えば、亜空間の入り口よりでかい荷物も送ることができる。そう考えた俺は、家一軒を纏《まと》めて収納するアイデアを思いついたのだ。

　皆は俺の説明を半分理解しているのかしていないのかという表情で聞いている。

「よくわからんが、家は今ピートの亜空間にあるってことだよな？」

「ああ、それで合ってるよ」

　ブレッドの言葉に頷く。

「つまり、ピートの魔法があれば、どこでも家を取り出して毎日暖かい部屋で眠れるってことだよね？」

「これだけの大きさの物を展開する必要があるからな、流石に毎日かどうかはわからないが、条件に合った場所なら家で休めるな」

　メリルは嬉しそうにそう言った。

「完全にでたらめですね」

　ミラが驚いた表情を俺に向けてきた。

「とにかく、これなら問題なく出発できるかと思うんだけど、誰か異論はある？」

俺の問いかけに全員首を横に振る。

「それじゃあ、この場を離れるのも名残惜しいけどそろそろ出発しようか？」

俺がそう言うと、皆真剣な表情で頷く。

「俺たちは必ずこのダンジョンの謎を解き明かして、皆で外に出る。いいな？」

ブレッドが仕切ると、

「行くぞ！　中心へ！」

「「「「中心へ！」」」」

全員が右手を上げ、はっきりと誓った。

深淵ダンジョンに投獄されてから一ヶ月半、俺たちはこの世界の秘密を探るため攻略に踏み出した。

第五章

17

「シーラ王女様、どうか……病気の妹のことをお願いしますね」

夢を見ていた。生まれ育った城で、華やかなパーティに参加している。

「ええ、任せて。あなたが受けた依頼の前金で妹さんの治療費と入院費は大丈夫だから」

彼女は国でも有数のAランク冒険者の魔導師だ。

「ちゃんと戻ってきて、元気になった妹さんと再会して欲しいの」

「勿論です。誰も攻略できなかった深淵ダンジョンを最初に攻略する栄誉は誰にも譲りませんから！」

人懐っこい顔で彼女は私に笑いかけた。

「おい。そろそろ向かうぞ」

他の冒険者が彼女に声を掛け、彼女はそちらへと近付いていった。

その瞬間、私の背中がゾクッとした。

「待って……××！」

名前を呼ぶが彼女は振り向かない。背を向け深淵ダンジョンの入り口を潜り抜けていった。

私が彼女に会ったのは、この時が最後だった。

★

拠点を出発した俺たちは、ダンジョンの中心を目指し歩いていた。現在歩いているのは平原だ。頭まですっぽり隠れる程の草が生えているので視界が悪い。

ブレッドとメリルが先頭を歩き、シーラとミラが真ん中で、最後尾を俺とメリッサが歩く。

俺は気合いをいれ、シーラには絶対危険な目に遭わせないと決意をしている。

そんな俺を見て最前列のメリルがニヤニヤと笑っている。

「メリル、前見て歩かないと敵が来た時困るだろ！」

彼女に前を向くように俺が促すのだが……。

「平気だよ、私の耳は遠く離れた敵の足音だって察知することができるもん」

確かに、これまでもどこから敵が接近してこようと、察知しては不意打ちを防いだ実績はあるのだが、それにしたって少し不真面目ではないか？

そんなことを考えていると、メリルは口元に手を当て言う。

「それにー、ピートもさっきから索敵してるでしょ？」

「バ、バレてたのか？」

「何度も杖を掲げて魔法を使ってるの知ってる」

隣でメリッサがそう告げる。確かに、エリアサーチを使って周辺の生物を調べてはいたが……。

「ピート、お前は魔力を温存しておけよ。魔法でなきゃ倒せないモンスターもいるんだ」

ブレッドから忠告される。俺の魔力を温存するのは話し合って決めたことだ。

「わかったよ……」

彼にそう言われては断れない。俺が若干落ち込んでいると……。

「ふふふ、怒られちゃったね」

シーラが話し掛けてきた。

「何が……おかしい？」

「別に。ピートが怒られるのが珍しいなと思って」

彼女は珍しいものを見たかのように俺をからかってきた。

「確かに、ピート様は落ち着いておられますし、あまりミスをする方ではありませんからね」

ミラも口元に手を当て微笑んだ。そして俺に顔を寄せると、

「シーラ様に危険が及ばないようにしてくださっているのですよね。ありがとうございます」

そっと囁き離れていく。

「ミラ、今ピートに何を言ったの？」

「肩にホコリが付いていたので取って差し上げただけです」

彼女はフッと笑って俺を見る。これまでと接し方が変わってきたように見える。

「ええっ！　そんなことじゃないでしょっ！　ピート教えてよ！」

シーラは俺に聞いてきた。

「……ホコリを取ってもらっていたんだよ」

まさか、シーラのために気合いを空回りさせていたとは言えず、ミラの言葉に乗っかっておくことにした。

「それにしても、ここ数日は一切モンスターが現れてないよね」

メリルの言う通り、拠点を出て森に入った時はそれなりにモンスターと遭遇したのだが、平原に出てからはモンスターと遭わなくなった。

「何もないに越したことはないだろ？」

脅威となるモンスターがいなければそれだけシーラの危険が減る。そっちのほうが全然良い。

「でもなぁ、せっかくピートに作ってもらった魔導短剣を試したいんだよぉ」

「モンスターを斬りたくてウズウズしている」

「お前ら、危険な発言はやめろ。シーラが引いてるから」

メリルとメリッサを窘める。

先日、森でモンスターとの戦闘を繰り広げていた際、ブレッドの大剣がキラーベアを一撃で真っ二つにした。

その日の夜営の際に、ブレッドの大剣には振動という遺失魔法を付与していると教えたところ、二人が詰め寄ってきた。

自分たちにも何か作ってくれとせがむので、それぞれの戦い方にあった魔法を付与してあげたのだ。

メリルには二本の短剣それぞれに、氷結と燃焼を付与している。この遺失魔法は斬りつけた相手を凍らせたり、傷口を焼いたりすることができるので、実質魔剣のようなものだ。

メリッサのほうは、武器の斬れ味は十分だったので、素早さをより活かせるように加速を付与したミスリルを首飾りにして贈っておいた。

この魔法は、瞬間的に速度を十倍近く引き上げることができるので、予期せぬ攻撃を受けた時の緊急回避にも使えるし、距離を詰めたところで発動して敵の不意をつくことにも使える。

『雷光』の異名を持つメリッサならこの魔導具があれば向かうところ敵なしなのは間違いない。

「それを言うなら私もだけど、試したいとは思わないかな……」

メリルとメリッサに戦い方に合った魔導具を渡した一方、シーラとミラには別の魔導具を贈った。

ミラには筋力増加を付与した首飾りを贈ってあり、炊事の負担を減らすようにしてあるし、シーラには身代わりを付与した指輪を贈ってある。

特にシーラの魔導具は攻撃を受けた際ダメージを一度だけ肩代わりしてくれる魔導具なので、試すことになるような状況は避けたいところだ。

大賢者のサークレットは他にも様々な遺失魔法を俺に教えてくれるので、色々な付与を試したくはあるのだが、それらは消費魔力が比べ物にならないくらい大きくなるので落ち着いてからでなければ無理だろう。

そんな話をしながら歩いていると、草が途切れ視界が晴れた。

「おっ、やっと違う景色が見えてきたな」

丘の上に立っているようで、遠くにはキラキラと輝く湖面が存在している。

「凄い、どこまでも広がっていて綺麗」

「泳いでみたい」

メリルとメリッサがそんな感想を口にする。

「こんな綺麗な場所があるなんて……ついてきて良かった」

「シーラ様、頑張りましたからね」

シーラとミラも感動したような声を出す。ここまでの道中、体力がない二人が一番苦労したのは間違いない。その上でこの光景を見ることができたのだから感動もひとしおだろう……。

「方角からして、中心はこの湖の向こうになるけどどうする？」

「私の目でも左右両方ずっと湖だね。どっちに回り込めばいいのかなぁ？」

ブレッドが確認し、メリルがそう答えた。一番目の良い彼女でも湖の端が見えないと言うのだから かなり広い可能性がある。

「できれば迂回しておきたいけど、これだとどっちに進めば良いのかわからないな？」

この先、ダンジョンの中心に行くには湖を渡らなければならないのかもしれない。

「ここからじゃ判断がつかないな。ひとまず湖畔まで行ってみようぜ」

俺たちは丘を降り、湖畔まで向かうことにした。

「綺麗な水……」

シーラは湖に近付くと手で水を掬《すく》ってみる。

「それに、とても冷たいわね」

この深淵ダンジョンの特徴なのか、全体的に気温が低く冷え込んでいる。

湖畔ということもあってかその特徴は顕著で、シーラの肩が震え寒そうにしていた。

「とりあえず、今日はここで休むってことで家を出そうと思うけどどうだろうか？」

俺は皆に確認をする。

「異議なし！」

「そうだな、今日はここまでにしておこう」

「早く家に入って魔導具で暖まりたいです」

「もう寝たい」

ここまでの行程で皆それなりに疲労が溜まっている。全員が同意を示したので、家を出すことになった。

「それじゃあ、少し離れてくれ」

湖畔からやや離れた平らな場所に目星を付けた俺は、杖を突き出すと魔法を唱えた。

「アポーツ」

——ズンッ！

一瞬地面が揺れ、目の前に慣れ親しんだ家が現れた。

「いやー、やっとゆっくり休めるよね」

「最近ずっと野宿だったから疲れた……」

メリルとメリッサが嬉しそうに家に入っていく。

アポーツで家を取り出す条件として、地面がしっかりした平地でなければならない。

ここ最近は、傾斜を移動していたので家を設置することができず、野宿ばかりしていた。

「私は早速料理をしますので、皆さんは出来上がるまで寛いでいてください」

「すまんな、助かるよ」

ミラがそう言うと、ブレッドも中へと入っていく。食事ができるまでの間に鎧の手入れをするつもりなのだろう。

家には結界の魔導具があるので、見張りをする必要がなく、道中率先して見張りをしていた彼が一番喜んでいるかもしれない。

俺とシーラが中に入ると、リビングのソファーでは着替えを終えたメリルとメリッサが横になり早速寛いでいた。

シーラが部屋に向かったので、俺もローブを脱いで寛ごうとしていると……。

「そうだ、ピート。部屋の魔導具の魔力が切れそうなんだけど」

「私もだよ」

「あっ、俺もだな」

メリルが思い出したかのように言うと、メリッサとブレッドも便乗した。

「お前たち……俺のことを魔導家具の修理屋か何かと勘違いしてないか？」

家で使える便利な魔導具の総称を魔導家具というのだが、気軽に魔力の補充を頼む三人を冷たい目で見る。

「仕方ないじゃん、ここ、朝は凄く冷えるんだもん」

確かにそれはそうなのだが、いくら暖房魔導具が使えるからといって少し甘えすぎではないだろうか？

「冒険者は雪中でもカマクラを作って耐えることもあるだろ！　少しは我慢できないのか？」

実際、野営の際は文句を言わずに耐えているだけに、行動の差が激しい。

「ピートの魔導具が快適すぎるのがいけないんだよぉ」

「確かに、これは人を駄目にする魔導具だ」

メリルとメリッサが言い返してきた。

「確かに、各部屋に配置できて、煤も発生しないので汚れる心配もなく、寝る時にもつけっぱなしにできる魔導具。しかも魔力を補充するだけでずっと稼働できるなんて便利すぎますよね」

料理をしているミラが会話に入ってきた。

「ん、どうしたの？」

部屋で着替えを終えたシーラがリビングに現れ、何を話していたのか聞いてきた。

「皆の部屋の魔導具が魔力切れしてるから、ピートに補充してもらう話をしていたんだよ」

ブレッドが話の流れをシーラに説明した。

「まったく、俺はこんなことのために魔力を節約していたわけじゃないんだからな？」

呆れた様子でそう告げると、

「シーラ、どうした？」

何やらそわそわした彼女の姿が目に映った。

「な、何でもないよ！」

だが、シーラは両手を前に出して振ると即座にそう答える。

「何でもないと言うやつは大体何か隠してる」

この旅に同行したいと言い出せなかった時もそうだが、シーラはどこか俺に遠慮している節がある。メリルやメリッサくらいずうずうしくなれとまで言わないが、もう少しわがままを言っても良いくらいだ。

「こいつらの部屋の魔導具に魔力を補充するついでだ、言ってみろ」

なので、シーラの頼み事など大したことないという態度を見せることでその気後れをなくさせることにする。

俺がそう言うと、シーラは申し訳なさそうな顔をしながら言った。

「お風呂の……魔導具も……補充して欲しいなって……」

風呂場には二つの魔導具が設置してある。

シーラお気に入りのバブルウォーターとヒートの魔導具だ。

彼女はこの泡風呂が気に入っており、自由な時間があればずっと入浴しているくらいには風呂場を利用している。前回の時に魔力切れをしていたのを言い出せないでいたのだろう。

「悪いな、ピート」

「あとで頭撫でてあげる」

「まっ、これも役割分担ってことでね」

悪びれることのない三人をよそに魔力の補充をして回る。確かに戦闘面では負担をしてもらっているので、このくらいならお安い御用だ。

「了解だ」

ついでに結界の魔導具にも魔力を補充しておくことにする。

各部屋を回り終えるとキッチンから美味しそうな匂いが漂ってきていた。

食卓に着くと温かい食事が用意され、メリルやメリッサにブレッド、シーラが笑顔で雑談をしている光景が見られる。

「どうしたの、ピート？」

「いや、何でもない」

孤児院の頃を思い出し、心が満たされてしまった気になったが、まだ道半ばというところだ。

「私、食事はいつも一人だったんだけど、こういうのってなんかいいよね」

シーラはそう言うと幸せそうな顔をする。

「この先もずっと……皆で一緒に食事ができるといいなぁ」

彼女がポツリと漏らした言葉を聞きながら、俺は料理を口にするのだった。

18

「それで、どうやってこの湖を渡ろうか？」

翌日になり、俺たちは改めて目の前の湖をどうするか考え始める。

ブレッドが真面目な様子で、メリルは期待する目で、メリッサは舟を漕いで眠っている。

シーラは眉間に皺《しわ》を寄せ、ミラは全員分のお茶を淹《い》れていた。

「メリッサ真面目にやれ」

「あうっ！」

隣に座っていたメリッサを肘《ひじ》で突くとこちらを見る。

「頭脳労働は私の仕事じゃない。ピートに任せた」

開き直ってそう告げてくる。

確かにメリッサは直情的な人間なので作戦を立てたり、問題について考えるのにはまったく向いていない。だが、今は些細な意見でも出して欲しいのだ。

「どんな意見も無駄になるってことはないからな、いろんなアイデアが欲しいんだ」

寝る前も考えたが、今のところ良いアイデアが浮かんでいないので、自分だけでは良い方法を思いつけない。

「はいっ！」

シーラが勢いよく手を挙げる。

「言ってみてくれ」

俺が促すとシーラは自信満々に言った。

「ピートの魔法で飛んでいくってのはどう？」

「えっ？　ピートそんなこともできるの？」

「私も空飛びたい！」

途端に煩《うるさ》くなるメリルとメリッサ。その目は「どうして黙っていたの！」と言わんばかりだ。

「確かに、遺失魔法で飛ぶことができるようにはなったけど……」

俺はシーラの言葉を肯定すると皆を見る。

「空を飛ぶなんて人類の夢みたいなもんじゃないか」

「それが本当なら、この世界を自由に旅できます」

ブレッドとミラが感心した表情で俺を見てきた。

「だけど無条件に飛び回れるわけでもないんだよ」

俺は全員を見回すと、

「一見すると便利そうなこの魔法を、俺がこれまで使わなかった理由がわかるか？」

全員が首を横に振る。

「まず一つ目に、この魔法は制御が難しい」

足で地を蹴るのとは違い、浮遊した状態での移動は感覚がまったく異なるのだ。

「次に、この魔法はかなり魔力を消費する」

短時間浮くくらいなら問題ないが、長時間ともなるときつい。

「最後に、俺以外は飛べないから全員を運ぶには向かない」

これが致命的だ。一人だけ湖の向こうに渡れても意味がない。

「なーんだ……」

「そんなの知らなかったよ」

メリルが残念そうな声を出し、シーラが沈んでしまった。

「事前にシーラ様に説明してくださっていれば、妙な期待を抱かずに済んだのですが……」

提案が採用されず凹んでいるシーラをミラがフォローした。

「そこは仕方ないんだよ、ミラ」

そんな彼女の言葉をブレッドが窘めた。

「冒険者は互いの手のうちを晒さないのが基本だからな」

商売敵《がたき》に手持ちの技術を知られるのはよくない。特に俺はソロ志向だったのでその辺が身についている。

「ごめんな。俺も言っておいたほうが良かった」

それでもシーラが凹んでいるので謝るべきだろう。彼女は良かれと思い提案したのだ。

それを察したのか周囲の気配も変わる。

「だったらさ、ピートがここで空を飛んで周辺の状況を探るってのはどう？」

「確かに、それなら周囲の光景くらいならわかるかもな」

メリルの言葉にブレッドが同意する。二人は俺を見てきた。

俺は空を見上げ飛行しているモンスターがいないことを確認する。

「ここなら、飛行モンスターが生息していないみたいだし、ある程度浮かぶくらいなら可能だな」

「確かに……空中でモンスターに襲われたら何もできないもんね」

ただでさえ飛行魔法に意識を集中しているのだ。この上戦闘もしろと言われたらかなりキツい。

「大丈夫、飛行モンスターが現れたら私が矢で撃つから」

そう言ってメリッサは射撃の構えをとる。

「……俺に当てないでくれよ？」

メリッサが弓が得意とは聞いていない。牽制程度に考えておくのが良いだろう。

どうするか方針が決まったので、俺は早速魔法を使う準備を始めた。

★

「それじゃあ、周辺の調査をしてくるから……」

「気を付けてね、ピート」

シーラが心配そうに話し掛けてくる。

「最低でも、向こう岸が見えるか、回り込めるかどうかまでは確認したいと思っている」

この先の行動基準を決めるためにも、何かを発見するまで戻るわけにはいかない。

「頼んだぞ、ピート」

ブレッドの言葉に頷くと俺は魔法を唱えて空に浮かんだ。

「凄い、本当に飛んだよ！」

「気持ちよさそう！」

「若干フラフラしてて怖いですね」

メリルとメリッサとミラがそんな感想を言っているが、今は返事をする余裕がない。

それ程この魔法は制御が難しい。力の入れ方を間違えば身体が反転してしまいそうだし、気を抜くと高度が下がってくる。

俺は魔法を制御し、ゆっくりと浮かんでいくことにした。

一定の速度を保ちつつ上昇していく。速度が速すぎても遅すぎても消費魔力が増えるので、長時間飛行するためにはできる限り消費を抑えなければならない。

湖を前に進み、さらに高度を上げると不思議なことに湖の中が輝いて見えた。

もしかすると、天井が光るのと同様に、湖底にも発光する物体が沈んでいるのかもしれない。

仮に引き上げることができれば、研究しがいがあるだろう。

そんなことを考えていると、風に煽《あお》られ移動がしづらくなってきた。

「高度を上げるにつれて段々寒くなってきたな……」

大賢者のローブによって気温の変化はある程度対処できるのだが、それでも寒いと感じるということは通常では耐えられない温度ということになる。

「しかも、霧が出ているせいで前が見えない」

いつの間にか周囲に霧が立ち込めており、視界を奪われる。

そこからは必死に前へと進み続けた。湖の終わりさえ目視で確認することができれば方針が決められる。


どれだけの時間が経っただろうか、唐突にそれは現れた。

「対岸が……見えた！」

方角を見失っていなければ、対岸が存在していることがわかる。

かなりの高さから遠くに見えるので距離はあるだろうが絶望的に遠いわけでもない。

「多分、ボートを作れば渡れるんじゃないか？」

数日分の食糧を用意すれば渡ることは可能だろう。湖の端はいまだ発見できないでいるが、これならば渡ったほうが早いと判断できる。

とにかく収穫はあった。俺は皆に報告できることができたことにホッと息を吐くのだが……。

「えっ？」

いつの間にか霧が晴れており、遠くを見ることができるようになっていた。

遠く離れた場所にキラキラと輝く水晶の山のようなものが見える。

その影は、ダンジョンの天井まで伸びているようで、何やら不思議な雰囲気を放っている。

「深淵ダンジョンの……中心？」

これまで目標としてきた深淵ダンジョンの秘密が目の前に姿を現し、心臓が激しく脈打つ。

「なんて綺麗なんだ……」

その光景に目を奪われた俺は、ただじっと見続けてしまった。

ふたたび霧に覆われその光景が途切れる。我に返った俺は魔力の限界が近いことを思い出すと皆の下へと戻る。

この情報を皆に伝えなければと考えながらも、遠い先に見えたものが俺たちの旅の終着点だと朧《おぼろ》げに意識するのだった。

19

「ピートの話から考えて、湖を渡るのに掛かる日程は一週間というところか？」

地上に降りた俺は早速ブレッドたちと情報を共有することにした。

その時点での高さから計算して、俺たちが対岸までたどり着くのに必要な日程を計算する。

それさえハッキリさせてしまえばボートを作るだけなので、あとは肉体労働組に任せれば良い。

「それにしても、ピート様が見たその水晶の山ってなんだったのでしょうかね？」

俺の報告の中から明らかに異常だった水晶の山についてミラが触れた。

「わからない。だけど、この世界であんなにも美しい光景を見たことがない。勘になるが、あれこそがこの世界の秘密に間違いないと思っている」

俺がそう主張すると、皆やる気を出したかのような表情を浮かべた。

「そっか、もうゴールは目の前に見えてるんだね」

「まっすぐ進めば良いだけ」

メリルとメリッサが気合い十分とばかりに笑みを浮かべている。

「私も早くその光景見たいな」

シーラが羨ましそうな表情を浮かべる。

「とりあえず、俺たちはボート作りをするとして、ピートはどうする？」

ブレッドがそう聞いてくるのだが……。

「流石にちょっと魔力を使いすぎた。俺は休ませてもらうよ」

やはりこの魔法は長時間の使用には向いていない。

「うい、了解だよ」

「ゆっくり休んで」

メリルとメリッサが労ってくれた。

「それじゃあ、それぞれの仕事に取り掛かるとするか」

ブレッドたちはそう言うと仕事へと向かった。

★

湖畔に到着してから数日、俺は結界の魔導具の強化や皆の部屋の魔導具への魔力補充。その他、これまでの生活で皆の不満を聞き、それを解消する魔導具を作ってすごしていた。

「あっ！　こらっ！　フォグ！」

『キュキュキュー♪』

これまでよりも比較的家の中にいることが多いため、フォグが構って欲しそうに纏《まと》わりついてくる。

今も媒体となるミスリルの欠片を咥《くわ》えて作業を妨害してきた。

「返しなさい！」

『キュキュ！』

首を横に振るフォグ。このままでは仕事にならないので構ってやることにした。

『キューキュー……ユ……』

頭を撫でてやると、気持ちよさそうな鳴き声を出しお腹を見せてくる。フォグはお腹を撫でられるのが一番好きなのだ。

「まったく、仕方ないやつだな」

普段はシーラがよく撫でてやっているので、甘えるのに慣れてきていた。

森で出会った時はまさかここまで長い付き合いになるとは思わなかった。

深淵ダンジョンに入れられてから一ヶ月半しか経っていないというのに、随分と長い年月をここですごしたような錯覚に襲われる。

死にかけたり色々なことがあったが、ようやくこのダンジョンの秘密に手が届こうかという場所まで来た。

もしこのダンジョンを脱出することができたら…………。

「ピート、フォグちゃんはそこにいる？」

シーラが呼び掛けてきた。

「ああ、こっちにいるぞ」

ここで仰向けに転がって俺に腹を撫でさせているところだ。

「さっきまでこっちの干物作りの邪魔をしてたのよ」

『キューキュー！』

どうやらシーラに追い払われて俺のところに逃げてきたらしい。フォグはシーラに一番懐いているからな……。

「シーラ、灰が髪に付いてる」

「嘘っ！」

慌てて髪を手で払うシーラ。

「もうっ！　フォグちゃんが風の魔導具に悪戯《いたずら》したからっ！」

『キュキュ？』

怒ってみせるのだが、肝心のフォグはつぶらな瞳で彼女を見たあと、俺の手に顔を擦り付ける。

なぜシーラがおかんむりなのか理解していないのだ。

「はぁ、まあいいけど」

怒るのを諦めたのか、シーラは溜息を吐くと俺の隣に腰を下ろした。

「私たちだけですごすのって随分久しぶりな気がする」

肩に彼女の肩が触れ温もりを感じる。

メリルやメリッサと触れ合っている時は落ち着くのだが、シーラと触れ合っている時はなぜか落ち着かない。けれど気持ちが安らぐ。

この現象は一体何なのだろうか？

「思えば俺たちも大所帯になったもんだよな」

ブレッドたちと合流したことで安全性も格段に向上し、ミラが家事をしてくれるので生活面でも不便が減った。

深淵ダンジョンに放り込まれた時には、このような状況になるなどまったく想像していなかった。

感慨深く呟いたつもりだったが、シーラはポソリと呟く。

「私はピートとフォグちゃんと一緒にすごしたあの狭い家も良かったけどね」

どういう意味で言ったのだろうか?

俺が問い直そうとしていると、

「シーラ様?」

ミラが彼女を呼びに来た。

「ごめん、もう行くね」

『キュキュ!』

シーラはフォグをひと撫ですると立ち去ってしまった。

「一体、何だったんだ?」

俺は彼女の発言に首を傾げるのだった。

★

「さて、ボートができたわけだが」

数日が経ち、ボートが完成したということで俺たちは湖畔へと集まった。

当初の予定では一隻のボートを作り、皆で乗る予定だったのだが出来上がったのはなぜか二隻だった。

「どうして二隻用意したんだ？」

俺が質問をすると、メリルとメリッサが互いに睨み合う。

「メリッサが可愛くないの作ろうとしたから！」

「メリルが無駄に色々付けようとするから合わなかった」

二隻のボートはそれぞれ個性的で、メリルのほうは凝った作りをしているがその分乗り心地が悪そうだ。

「ブレッド、どうして止めなかったんだ？」

俺はブレッドを睨みつけ責任を問う。一応この二人の保護者だからだ。

「仕方ねえだろ、こいつら言うこと聞きゃしねえんだからよ」

「わかる!!」

思い切り同意した。

それは昔から付き合いがある俺が一番よくわかっている。

「わかってくれるか、ピート！」

「ああ！」

俺たちが意気投合していると……。

「何だか無性にムカつくんですけど」

「納得いかない」

二人に睨みつけられてしまい、俺たちはサッと顔を逸らした。

「それで、どういうふうに分ける？」

悪びれた様子もなく、メリルは俺にどうするか聞いてくる。

「二人とも、自分が作ったボートに乗るんだよな？」

俺の問いかけに対し頷く。この場合考えなければならないのは戦力のバランスだろう。

「一応、水中での戦闘も少し想定しておきたいところなんだよな……」

飛行モンスターはいなかったが、湖の中にどのようなモンスターが棲んでいるかわからない。万が一を考えるとその備えは必要だろう。

「ならピートはシーラと一緒のほうがいいかな？」

「ど、どうしてだよ？」

「彼女のこと守ってあげるんでしょう？」

メリルがニマニマと笑いながらからかってきた。俺は一生このネタでからかわれるのだろうか？

「戦闘はピートがメインになりそうだから、漕ぎ手は俺と――」

「私がやる！」

メリッサが手を挙げた。力強い二人が適任だろう。そうすると自ずと組み合わせが決まってくる。

メリルのボートにはブレッドとミラが乗り、メリッサのボートに俺とシーラが乗ることになった。

「出発する前に、こいつをミラに預けておく」

俺はカバンをミラへと渡す。

「こちらは？」

「前に作っておいた収納の魔導具だよ。中には十分な量の水と食糧が入ってる」

当初はシーラとミラが河原に残る予定だったので作製したのだが、結局一緒に行動することになったのでこれまで使わなかった。

「何かのトラブルではぐれるかもしれないし、水上だと補給ができないからな」

勿論はぐれないように工夫はするつもりだが備えるに越したことはない。

「そのような貴重な物を私に……大切に預からせていただきます」

ブレッドは漕ぎ手だし、メリルに預けるとおもちゃにして湖に落としそうだから託しただけなのだが、生真面目なミラを見ているとあえてそのことを言う必要はないか。

「あとは、ブレッドの装備を預かっておこうか？」

大剣に鎧を身に着けていては船を漕ぎづらいだろうし、何より重くなる。

「ううむ、装備を手放すのは不安なんだがなぁ」

渋るブレッドに首飾りを渡す。

「これは防御力上昇の付与を施した首飾りだ。鎧程じゃないが、ブレッドなら結構硬くなると思うぞ」

「俺の分も魔導具を作ってくれたのか」

ボートを作ってもらっている間暇があったので作ってみただけだ。

「ありがとよ、ピート」

ブレッドは白い歯を見せると嬉しそうに笑ってみせた。

「これで、大体の準備は整ったかな？」

周囲の皆を見渡し問題がないことを確認すると、俺たちは湖の旅へと漕ぎ出した。


「暑いよぉ」

メリルの溶けるような声が聞こえる。

天が明るく輝き気温が上がっている。周囲から湯気のようなものが立ち上《のぼ》っており蒸《む》すような暑さで皆汗を流していた。

「文句を言うな、こっちのほうがもっと暑いんだ」

「騒ぐなら代わりに漕いで」

船の漕ぎ手であるブレッドとメリッサは殺意のこもった視線をメリルに向けている。

「汗をお拭きしますね」

そんな中、ミラはタオルを濡らすとブレッドの汗を拭き取っている。献身的な行動がメリルとは大違いで、ブレッドも嬉しそうな顔をしている。

「ピート、私にもお願い」

それを見たメリッサが対抗するように汗を拭いて欲しいと言ってくる。

「俺は周囲を警戒しないといけないんだが……？」

ところが俺は見張りをしているため杖を手放すわけにはいかない。

「わ、私がやる！」

シーラが同じようにタオルでメリッサの汗を拭くのだが、途中で何かに気付いたように耳元に顔を寄せた。

「メ、メリッサさん……汗で服が透けてます」

一応、俺に聞こえないように言ったつもりなのだろうが、遮る物がない水上ではシーラの声はよく通る。バッチリ聞こえてきた。

「平気、昔はピートと一緒にお風呂に入ってたから」

ところが、そんなシーラの気遣いをぶち壊し、メリッサはあっさりと俺たちの過去をバラしてしまう。

子どもの頃の話だし、孤児院では皆で風呂に入る習慣があったので他にもいっぱい人がいたのだが、それを話しても言い訳にしか聞こえないだろう。

正直なところ、まったく意識しなかったわけではないのだが、メリルとメリッサの裸自体には耐性がある。

少なくともシーラの裸を見た時以上の衝撃はなかった。

「あのなぁ、あえて見ないようにしてたんだから話題にしないでくれ」

メリッサの服が透けていることくらいとっくの昔に気付いていたので、言葉にされると困ってしまう。

「暑いから、全部脱いでいい？」

いよいよ暑さが限界に来たのか、メリッサは残る布まで取り払おうとしている。

「だ、駄目よ。ピートだって一応男の子なんだから！」

一応とは余計だ。シーラは彼女の前に立つと俺からメリッサを庇った。

「ううう、家に入れば魔導具で涼めるのに……」

もう片方のボートからメリルのぐったりした様子がうかがえる。

彼女は暑さに弱いので、服を摘んで風を送っている。

その場にはブレッドもいるのだが、育ての親であるブレッドを異性として見ていないからか、だらしない格好をしていた。

「ここだと冷気の魔導具を使っても効果がないからな……」

上から降り注ぐ熱気が問題なのでやっても無駄だ。

「とにかく水分補給はこまめにな」

俺は亜空間から樽を出すとコップに水を注ぎ、そのうちの二つをシーラに渡してやる。

彼女は自分の水分補給よりもメリッサの補給を優先したのか、コップをメリッサの口元へと運んだ。

「うん、冷たくて美味しい」

ボートを漕ぎながらも器用に水を飲むメリッサ。

向こうのボートではミラが同じく水が入ったコップを二人に渡していた。

「冷たい水が飲めるのがせめてもの救いだね」

少し気力を回復させたメリッサとブレッドはその日も陽が落ちるまでボートを漕ぎ続けるのだった。

★

湖畔を出発してから五日が経ち、ようやく俺たちは対岸へと到着することができた。

途中、懸念していた通り、水中でモンスターが襲いかかってきたのだが、あらかじめ予想をしていたお蔭か魔法一発で散らすことができた。

「やっと着いた……」

「かなり疲れたな」

湖畔ではブレッドとメリッサが身体を投げ出し息を切らしている。途中では俺もメリッサと交代でオールを漕いではいた。

「陸に着いた！　地面が踏めるっていいね」

「ううう……まだ揺れてる気がする」

「溜まった洗濯物を片付けたいです」

メリルは元気になり、シーラはやや気持ち悪そうに口元に手を当て、ミラは早速炊事をしたそうにしている。

俺はというと、ボートを亜空間に収納している最中だ。

「それにしても、こっち側は随分と暑いんだな」

まるで季節がガラリと変わったかのような気温の変化に戸惑いを覚える。

「ピートの収納の魔導具がなかったらきつかったな」

大量の水と食糧があったので何とかなったが、先のことを見通せず、ろくに水と食糧を持っていなかったら干からびるところだった。

「植物も、何やら長く大きいといいますか、トラテムで見たことがない物ばかりですね？」

ミラが言う通り、湖から離れた場所には密林があり、そこから植物が鬱蒼《うっそう》と生い茂っている。

「もう限界……お風呂に入りたい」

シーラなどは汗が気持ち悪いのか、泣きそうな顔をしている。

本来ならもう少し周りの様子を探っておきたいところだが、慣れない水上の旅で全員疲労が溜まっている。この先を探索するのは休んでからで良いだろうと判断した。

「ひとまず、皆疲れてるだろうし、家を出して数日休むのはどうだろうか？」

「「「「異議なし」」」」

『キュキュ！』

五人と一匹の声が返ってくる。俺たちは数日の疲労を癒すため家に駆け込むのだった。

★

「はぁはぁはぁ」

天より降り注ぐ熱気に耐えながら俺たちは進んでいた。

湖を離れ、密林を抜けるとそこには砂漠が広がっていた。昼は暑く夜は寒い。砂が柔らかく地面を踏みしめられないので転びやすく、皆足元に注意を払って足を動かしていた。

「それにしても……」

既に砂漠に入ってから一週間が経つのだが、延々と同じ景色が広がっている。

「一体、ここはどうなってるんだ？」

深淵ダンジョンの入り口は洞窟に通じていた。そこを出ると森が広がっていて、そのまま進むと湖が、さらに先には砂漠が広がっている。あとどれだけ進めばあの日見た美しい水晶の山にたどり着けるのだろうか？

——トサッ。

何かが砂に倒れる音が聞こえ振り返ると、シーラが倒れていた。

「大丈夫か？」

俺たちは来た道を戻り彼女に駆け寄った。

「シーラ様、お水を……」

ミラが袋から水を取り出し彼女に飲ませていた。

「しばらく休ませたほうがいいよ」

シーラの様子を見たメリルが振り返り、そんな提案をしてきた。

「まだ……いけます」

ところが、シーラは他人に迷惑を掛けたくないという強い意思の籠《こ》もった瞳をしていた。

これまでの旅でもたびたび体調を崩していたので負い目を感じているのだ。

「無理しないほうがいいよぉ。フラフラじゃん」

メリルがやんわりと彼女を諭そうとするのだが、シーラは険しい表情を浮かべながらも譲ることはなかった。

「ただでさえ……足を引っ張ってるのに……これ以上足手纏《まと》いになりたく……ない」

俺たちは決してそのように思っていないのだが、彼女がどう考えるかなので言葉を重ねても聞き分けてくれるとは思えない。

フラフラと立ち上がったシーラは俺たちが見ている間も前に進み……。

「シーラ！」

地面に両手をついた。

慌てて駆け寄るとシーラは浅い呼吸を繰り返しぐったりしており気を失っている。

「ブレッド、彼女を家に運んでくれ」

俺が家を出すとブレッドが抱き上げ彼女を部屋へと運ぶ。

結局、この日シーラが意識を取り戻すことはなく、俺たちはその場に数日留まることになるのだった。


ドアをノックすると微かに起きている気配が伝わってきた。

「シーラ、俺だ」

少ししてドアが開きシーラが顔を見せた。

「体調はどうだ？」

数日ぶりに見る彼女は元気がなく、笑顔が消えてしまっている。

目の下に隈《くま》が残っており、疲労がうかがえる。身体がややふらついており回復にはまだ時間が掛かりそうだ。

「ごめんなさい」

彼女は俺から視線を逸らすと謝ってきた。

「私が足手纏《まと》いだから全然前に進めない」

この旅の間、何度となく彼女は自分の体力のなさを痛感していた。

元々は同行しなかったはずで、自分が無理を言ってついてきてしまったから、俺たちの予定が遅れていると自分を責めている。

「俺たち冒険者と違ってシーラは身体を鍛えていなかったんだから仕方ないさ」

冒険者稼業を続けている俺たちでもかなり辛いのに、弱音を吐かずについてきているだけでも凄いことなのだが、自分が足止めをしているという事実に彼女は打ちひしがれている。

「私、知らなかったの。ここがどんな場所なのか……」

シーラは目に涙を浮かべるとポツリと呟いた。

「生還者ゼロの深淵ダンジョンだ。俺だってこんな場所だなんて知らなかった」

わかっていればもっと入念に準備をしたたし、彼女が倒れるまで無理をさせることもなかった。行動をともにしている以上、彼女が体調を崩した責任は俺にだってある。

「違うのっ！　私は知らなかったじゃ済まされないの！　だって私は――」

興奮し、顔を上げるシーラ。唇を噛み何かに耐えるような様子を見せる。何が彼女を追い詰めているのか俺にはわからない。

「ピート、私は……私は……」

俺の服を掴み何かを言おうとしているのがわかる。

せっかく休息をとっているというのに、これでは休んでいることにはならない。

俺は彼女の頭を撫でると、優しく話し掛けた。

「話ならいつでも聞いてやるから、今は休め」

そう言うなり意識を失うシーラ。俺は彼女をベッドに寝かせると部屋を出る。

「……ごめ……ん……なさい……シ……ル」

部屋を出る時、彼女は誰かに謝っていた。

「シーラ様の様子はいかがでしょうか？」

リビングに戻ると全員が揃っていた。

メリルやメリッサはソファーに無言で座っているし、ブレッドも険しい顔をしている。

「今眠ったところだよ」

明らかに憔悴《しょうすい》しており、状態が良くない。

「回復までにはもう少し時間がかかりそうだな」

「そう………」

メリルが指を噛むと悔しそうな表情を浮かべた。

「私がいけないんだ、もっとシーラのことを考えて進まなきゃいけなかったのに……」

「そりゃ仕方ないだろ、俺たちには目指すべき場所があったんだから」

それを言うのなら俺もだ。

進んでいて時々霧が晴れることがあり、遠くにキラキラと輝く水晶の城のようなものが見えることがあった。

俺たちはそれを見て気持ちがはやり、歩行ペースを上げてしまっていた。

シーラはそれに黙ってついてきて無理が祟《たた》って倒れてしまった。

「反省したら、次はしっかりしよう」

メリッサが建設的な意見を述べる。

「そうだな、目的地はもう目の前なんだ。焦ることなく確実に進んでいこう」

いずれにせよ、あと少しでハッキリする。

皆、気を引き締めると反省会を続けるのだった。

★

数日の休養を経て、俺たちは進行を再開した。

なるべく無理をしない行軍を心がけたからか、シーラもどうにかついてこられるようになっていた。

ミラやメリルが話し掛け相談に乗ることで、シーラも段々明るさを取り戻しつつある。あの夜に見せた彼女の焦燥は何だったのだろうか？

彼女は何を言おうとしたのか、今でも考えてしまう。

そんな俺に、ブレッドが話し掛けてきた。

「それにしても、事前準備をしてきたつもりだったが、やっぱり想定通りにはいかなかったな」

「遭遇するモンスターは外の世界で見たことがないものばかりだし、昼は暑く夜は寒いから過酷な場所だ」

砂漠に足を踏み入れてからというもの、モンスターの襲撃が激しくなっており、その都度足を止めて戦闘をしている。

もし、家や結界がなければ相当疲弊していたに違いない。

「ピートの魔導具があってこれだもんね、過去に深淵ダンジョンに潜った人たちもここまでたどり着けてないんじゃないかなぁ？」

メリルがそんな感想を口にする。

「……っ⁉」

「どうしたの、シーラ？」

目に見えて彼女の様子が変化した。顔が青ざめており指先が震えている。明らかな異常状態なので、俺たちは立ち止まると彼女に声を掛けた。

「もしかして、まだ状態がよくないんじゃないのか？」

メリルの見立てでは治っているはずだが、また体調を崩している可能性は否定できない。

何せ、シーラは無理をするタイプなので、外見からは想像できないくらい疲労していることもありえるのだ。

「……大丈夫」

唇を噛みそう告げる。顔が青ざめており不安定に見える。

「ちょ、ちょっと！　あれ見てっ！」

メリルが慌てた様子で前を指差す。

「あれはっ！」

ブレッドもメリッサもミラも驚きそちらを見た。

いつの間にか砂嵐が収まっており、はるか遠い先に水晶でできた城が存在していたからだ。

「あれが、ピートが見たっていう、水晶の山？」

「……だと思う」

あの時は山にしか見えなかったが、今では城だとはっきりわかる。

「……綺麗」

元気がなかったシーラすら顔を上げて水晶の城に魅了されている。それだけの魅力が目の前の城にはあった。

「あっ！」

ところが、城の姿が見えたのはほんの少しの間だけだった。

ふたたび砂嵐が吹き荒れると、その姿を覆い隠してしまう。

とにかく、城があるからにはあそこに行けば人がいるに違いない。

遠く離れた、高い丘の上に立つ水晶の城を発見し、俺たちのテンションが上がる。

これまで何の進展もなく、微妙な空気が流れていたので正直ホッとした部分もあった。

「行ける！　私たちならお宝を手に入れてここから脱出することができるよ！」

気を取り直し、俺たちは前を進んで行った。

しばらく進むと、メリルが目を細め何かを発見した。

「どうした、メリル？」

ブレッドが彼女に確認すると、

「あれっ！」

砂の盛り上がっている部分を彼女は指差す。

最初は何を指差しているのかわからなかったが、近付いてみると砂漠にポツリと何かが埋まっていた。

メリルとメリッサが砂を掘っていくと次第にハッキリと姿を現した。

「白骨だな？」

そこにはボロ布を纏《まと》った白骨と革でできたカバンが転がっていた。

「ピート？」

シーラが後ろから声を掛けてくる。

「多分、過去にダンジョンに入った人間だろう。既に骨だけしかないけど……」

そうこうしている間にメリルとメリッサはカバンを開けて素性を探っていた。

「多分、魔導師……それも女の子かな？　装飾品もあるし、魔法関連の書物が数冊ある」

「杖は？」

「失くしたのか、もっと深く埋まってるのかどっちかな？」

メリルは首を横に振ると杖がないことを伝えてきた。

ここで杖が手に入れば楽だったのだが……。

「あとはこのメダルが気になるね」

メリルはカバンに付いていたメダルを俺に見せてきた。メダルには紋章が刻まれていた。

「これって……」

どこかで見たことがある。シーラが道標に刻んでいた目印に似ている。

「メリルちょっとそれよく見せてくれ」

やはり似ている。それがなんだったのか思い出そうとしていると……。

「嘘……！」

気が付けばシーラが背後に立ち、左手を口元に当て、右手でメダルを指差している。

「……シリル」

彼女はそれ以降、俺たちが何を話し掛けても答えを返してくれなくなった。

20

「シリル……ごめんなさい」

部屋に籠もったシーラは、メダルを握り締め一人謝罪していた。

日中、砂漠で見つかった白骨は彼女のよく知る人物のものだったからだ。

トラテムでは有望な冒険者に支援を行い、深淵ダンジョンに送る政策があった。

毎年、扉が開くたびに募集し、冒険者を送り込む。深淵ダンジョンを攻略すれば世界を支配することができる。

それこそが各国の共通認識であり、トラテムはそのことを本気で信じていた。

トラテムでは深淵ダンジョンに送り込む前日に、パーティーを開催する。そこで冒険者を激励するのが目的だ。

そんな中、シーラは彼女と出会った。

シリルは深淵ダンジョン行きを希望した二十代の女性の魔導師だった。彼女には歳の離れた病弱な妹がいて、多額の治療費が必要だったので前金目的でその身を差し出したのだ。

出発までに、シーラとシリルはたくさんの話をした。

深淵ダンジョンを攻略して戻ったら姉妹で店を開きたいとか、妹が作るパンは絶品なので食べて欲しいとか……。

ところが、何年経ってもシリルが戻ることはなく、シーラの頭の片隅にはそのことがずっと引っかかっていたのだが……。

「彼女が死んだのは私のせい」

冒険者を深淵ダンジョンに送り込むのはトラテムの国策。深淵ダンジョンを攻略し、他国に対し優位に立つための戦略。

それがなければシリルはこのような場所で死ぬことはなかっただろう。

「皆に話さなきゃいけない……」

これまでシーラは自分がトラテムの王族であることをピートたちに隠してきた。

いつかのメリルの言葉から権力者を嫌っているのが伝わってきたから、言い出せなくなっていたのだ。

「怖い……」

ただでさえ役に立っていない自分が、このタイミングで皆に王族だと告白すればどうなるのか？

騙されていたピートが自分を蔑むような目で見る姿が浮かび上がり、シーラは震える。

「……私はどうすればいいの？」

誰にも相談できず、シーラは涙を流すのだった。

★

数日が経過し、俺たちは中心に向かって進んでいた。

一時期あった明るい雰囲気はなく、誰もが無言で足を進めている。

その要因に、まったく元気がなくなってしまったシーラと、冒険者の白骨死体を発見してしまったというのがある。

白骨死体の存在は、ここまで順調に進んできた俺たちに冷水を浴びせかけた。

砂嵐の先に謎の水晶の城を確認し、このまま行けばこの世界の秘密を解き明かせるのではないかと浮かれていた。

だが、ここまで到達できた冒険者が死んでしまうような何かがここに存在しているとハッキリしたので、全員現実を突きつけられてしまったのだ。

砂嵐に阻まれ水晶の城を発見することができず、本当にこの先にあの光景が存在しているのか自信がなくなってくる。

そんな不安なことを考えていると……。

「そろそろ、あの城の場所まで来ているはずだよ」

メリルが現在地を伝えてきた。

「これでやっと酒が飲める」

ブレッドは明るい口調でそう言う。

「お宝いっぱいあるかな？」

メリルも乗っかると明るく振る舞ってみせる。

「美味しい物がいっぱいだと嬉しい」

メリッサがそう言うと、普段通りの空気が流れ始める。

何かが起きそうな時こそ、それを察して場の空気を良くするように努める。数々の修羅場を潜り抜けてきた一流の冒険者のやり方なのだろう。

「どうかな？　また扉があって、中には危険なダンジョンが広がってるかもしれないぞ？」

俺はおどけた態度でそれに混ざる。

「ここまで来てそれはないよっ！」

「流石にこれ以上の戦闘は勘弁して欲しいぜ」

「ピートどうしてそういうこと言うの？」

「悪い悪い」

皆が笑い、ミラも笑っており、足取りが軽くなる中……。

「皆に聞いて欲しいことがあるの！」

「シーラ様」

シーラは胸元に手を当てると覚悟を決めた顔をしていた。

ここ数日、ずっと塞ぎ込んでいた彼女が久々に顔を上げている。

俺たちはそんな彼女の訴えを聞かなければならない。

「実は私――」

――ドンッ！

ところが、その言葉は遮られてしまった。

俺たちの向かう先の砂場が盛り上がり、巨大なモンスターが出現したからだ。

「おいおい、最後にこれかよ！」

姿を現したのは、天の光を浴びて金色に輝く巨大なドラゴンだった。

「これ……絵本で見たことがあるよ！」

メリルが驚愕の声を上げる。

「栄光の勇者の冒険譚《ぼうけんたん》の最終章に出てきた不滅の存在」

俺とメリルとメリッサが夢中になって読んだ、伝説の金属でできた伝説のモンスター、『オリハルコンドラゴン』。

ＳＳ級とも呼ばれる、誰も遭遇したことがない御伽話《おとぎばなし》の中にしか出てこない怪物だ。

魔法攻撃であろうと物理攻撃であろうと、あらゆる攻撃を弾く最強の敵で、物語の勇者でも倒すことはできなかった。

「どうする！　ブレッド！」

流石に荷が重い。俺は即座にブレッドと意思の疎通を図ろうとするのだが……。

「どうもこうも、逃げられない以上は戦うしかないだろ！」

確かに、砂漠という足場と、シーラが走る速度を考えると背を向けるのは危険だ。

物語で読んだ限りになるが、オリハルコンドラゴンには高魔力のブレス攻撃がある。

「ちょうど、オリハルコンが欲しかったんだよね」

「相手にとって不足なし」

メリルもメリッサもそのことを理解しているのか応戦するつもりのようだ。

「まったく、どいつもこいつも……」

他に手がないというのは最初からわかっていた。

「身体強化の魔法を掛けた。全員絶対に無事でいろよ！」

俺は全員に魔法を掛けると、シーラの前に立つ。

「いいか、絶対にそこから動くなよ？」

俺の言葉に、シーラは顔を青ざめさせ胸元で手をギュッと握るとコクコク頷いた。

「それじゃあ、ＳＳランクの力を見せてもらおうじゃねえか！」

深淵ダンジョンに入って初めての死闘を繰り広げることになるのだった。

★

ターゲットが重ならないように散開したブレッドとメリルとメリッサは三方向から同時に攻撃を仕掛けた。

地面が砂場だということを感じさせない素晴らしい加速でオリハルコンドラゴンに詰め寄り、避ける間もなく攻撃を叩き込む。

――ギギギギギンッ！

四つの刃がオリハルコンドラゴンの身体に当たり、金属がぶつかる音が響き渡る。

「かってぇえええ」

「まったく……傷が付いていない」

「むーりー！」

支援込みの三人の攻撃が一切通用していない。

『ゴゴゴゴゴゴ』

オルハルコンドラゴンは攻撃されたことに気付いてすらいないのか、首を横に向けるとブレッドを見る。

「ブレッド！　避けろっ！」

オリハルコンドラゴンの口が開き魔力が収束し始めた。大気が揺れドラゴンの口に高密度の魔力が集まり粒子が拡大していく。通常では考えられない密度に、当たれば即死亡という予感が全員の頭をよぎった。

狙われたのはブレッド。ここからの回避は不可能だ。

「くそっ！　ウインド！」

俺は圧縮した風を作り出し、ブレッドに向けて射出する。

「ぐほあっ！」

その風がブレッドに当たり、彼を弾き飛ばすのと同時に、先程までブレッドがいた場所をブレスが通過する。

「嘘……でしょ？」

メリルが呆然とした声を出す。

数百メートル先まで地面が抉《えぐ》れている。

「まともに受けたら無事じゃ済まない」

メリッサがいつにない真剣な表情を浮かべ剣の柄を握り直した。

「あっぶねえ……。ピート、助かったぜ」

その惨状を見てブレッドが顔を青ざめさせていた。

「そのブレスは絶対に受けたら駄目だ！」

俺は三人に注意をし、オリハルコンドラゴンが口を開けたら即座に避けるように言う。

「ピート！　シーラを連れて逃げろっ！」

ブレッドがそう叫ぶ。

「このままじゃいずれ巻き込んじゃう！」

この戦闘でシーラが巻き込まれる予想をしたのかメリルが叫んだ。

「ここは私たちが抑えてるから早くっ！」

メリッサも決死の表情で俺たちに逃げるように言った。

「悪いっ！」

俺はシーラの腕を取ると、即座にその場を離脱した。

「ピート！　離して！」

手に抵抗する力が加わり、後ろでシーラが叫んでいた。

その声色には非難がありありと混ざっているのだが、離すわけにはいかない。

「ブレッドたちが戦っているんだよ！」

そんな彼女の隣にはミラがついており、焦燥の表情を浮かべていた。

「ブレッドたちなら大丈夫だから、こっちに来るんだ！」

焦っているのは俺も同じだ。多少離れた程度ではまだオリハルコンドラゴンの射程から逃れることはできない。

もっと遠くまで離れなければならないのだが、彼女の抵抗が激しく、掴んでいた手が抜けてしまった。

「シーラ、こっちに来るんだ！」

俺の手が離れるとシーラは立ち止まる。

「駄目！」

「いいから言うことを聞けっ！」

このような状況でわがままを言う彼女に俺は苛立つ。ところが、シーラは目に涙を浮かべると悲しそうな顔で俺を見た。

「これ以上、私のせいで人が犠牲になるなんて嫌なのっ！」

「シーラ様……」

彼女の悲痛な声が耳を打つ。

「一体、何を言っている？」

明らかに様子がおかしい。俺が何も言えずに彼女を見ていると……。

「私はトラテムの王女なの」

「なん……だっ……て？」

彼女は自分の素性を俺に告げた。

「私が、冒険者たちを深淵ダンジョンに送り込んで死に追いやった元凶なのよっ！」

その言葉ですべてが繋がる。どこかで見たことのある紋章、あれはトラテム王家の紋章だ。

砂漠で発見した白骨死体にもそれがあり、あの日以降、彼女は塞ぎ込むようになってしまっていた。

「だから……何だって……？」

言うのか。

俺には彼女が何を言いたいのかよくわからない。

「私には、あなたたちに守ってもらう資格なんてないのよっ！」

目に涙を溜め叫ぶシーラ。そんな彼女をミラは悲しそうに見守っている。

「シーラ……」

なんと声を掛けてよいかわからない。

「私がいるから、ブレッドたちは逃げられなかった。私の足ではあのモンスターに追いつかれてしまうから……」

彼女はそう言うと身体を反転させる。

「だったら、私が囮になれば皆助かるはず」

「シーラ様！　戻ってください！」

「おい、戻れっ！」

彼女はそう言うと、オリハルコンドラゴンに向かって走り始めた。

「くそっ！　何を考えてるっ！」

シーラの行動が一切わからない。わかっているのは、彼女が自分を犠牲にして皆を逃がそうとしていることだけ……。

「シーラ！　どうして戻ってきたの！」

「くっ……にげ……ろ！」

「……シーラ？」

戻ってみると、三人は満身創痍となっており、目の前のオリハルコンドラゴンには相変わらず傷一つ付いていなかった。

「私が身代わりになる。だから三人とも逃げてっ！」

オリハルコンドラゴンが口を開き、射線にシーラが立ちはだかった。

「この……馬鹿っ！」

「あっ」

ブレスが放たれる直前、彼女の前に出た俺は杖を構えると全力で魔力障壁を張った。

――ジュババババババババババババ――

ブレスと魔力障壁がぶつかり嫌な音と光を発する。

「ピート！　どうして！」

「いいからっ！　下がってろ！」

オリハルコンドラゴンのブレスは威力が高く、魔力を弱めたら一気に押し切られてしまいそうだ。

「私、あなたたちのことを騙していたのよ！」

「うるさいっ！」

こんな時だというのにシーラに対し怒りが湧いてきてしまった。

「さっきから聞いてりゃ好き勝手言いやがって！」

怒りを力に変え、ブレス攻撃を押し戻していく。

「お前が王女だから何だって言うんだよ！」

彼女はビクリと肩を揺らすと俺を見た。

「だって、ピートは私たち王族のことを嫌ってたはずでしょ！」

その言葉にさらに怒りが湧く。どうしてシーラはこんなにも……。

「この馬鹿野郎！」

ショックを受けたように顔を上げ涙を流すシーラ。これだけは言っておかないとならない。

「俺は約束したことは絶対に守る！」

そんなどうでもいいことで悩み苦しんでいたのだと知り、どうしようもなく馬鹿な彼女に憤りを覚える。

「そうだよっ！　権力者は嫌い。でも、シーラのことは大好きなんだからっ！」

「私たちを庇おうとするなんて、生意気」

「王女様に庇われちゃ世話ないわな」

俺と同じ気持ちだったのかメリルもメリッサもブレッドも立ち上がる。

先程までのような悲愴な顔をしておらず、彼らはオリハルコンドラゴンを倒すつもりらしい。

「三人は下がってくれ。お前たちがいると思いっきりやることができない」

「お前、この状況でそれを言うのか！」

だが、やる気だけでは超えられる程目の前のモンスターは簡単ではない。ブレスの威力を止めるだけで精一杯なのだ。

メリルとメリッサがシーラを引っ張り射線から脱出した。

「あとは俺がここから逃げれば……」

薄々感じる死の予感。

先程から全力以上で魔力障壁を張っているのだが、段々ブレスの威力が上がってきている。

オリハルコンドラゴンのブレス攻撃は途切れる様子がなく、このままでは俺の魔力が尽きるのが先になるだろう。

(駄目だ……やられる)

こういう時、先が見えるのは絶望でしかないのだなと笑えてくる。

徐々に押され始め、ブレスがじわじわと俺に迫ってきた。

「ピート！」

シーラの泣き叫ぶ声が聞こえ、いよいよ死ぬのだと認識した瞬間……。


――ドクンッ！

世界が凍りついた。


『力が欲しいか？』

頭に声が響く。

(なん……だ……？)

異常事態に頭が混乱する。

『大切な者を守るための力が欲しいか？』

俺を見守る五人と一匹の姿が映る。もし俺が力尽きてしまえば次の標的は彼らだ。倒す術がない以上全滅は免れない。

(当たり前だ！)

幼い頃、力がないためにバラバラになってしまった大切な幼馴染。

父親のように面倒を見てくれた優しい冒険者。

常に一歩引いていたが、甲斐甲斐しく身のまわりの世話をしてくれたメイド。

この深淵ダンジョンで最初に会って常に一緒にいてくれたフォグ。

そして……。

「俺はここで倒れるわけにはいかないっ！」

そう断言すると、

『お主はまだ神器を使いこなしておらぬ。封印を一つ解いてやろう』


次の瞬間、時間が動き出した。

俺は内側から溢れ出る力を感じる。

あまりにも膨大で、あまりにもおそろしい力だ。

「えっ？」

誰かの声が聞こえる。

先程まで触れそうなギリギリまで接近していたブレスがあっという間に遠ざかっていく。

『ゴゴゴゴゴゴゴゴゴゴ』

脅威に感じていたオリハルコンドラゴンなのだが、こうしてブレスを押し返してみたあとだと、何だか簡単に壊せてしまいそうな気がしてきた。

「大切な人を、もう失いたくないんだ」

こんな時だというのに、焦りが一切消えてしまっている。

俺は杖を突き出すと、

「森羅万象の理《ことわり》、万物《ばんぶつ》は大樹より生まれ大樹へと還る。理に逆らいし者に裁きを与えん——ユグドー——」

その瞬間、オリハルコンドラゴンのブレスが散り魔力が大気に溶け込む。

杖を中心に緑の光が広がり、周囲を包み込んだ。

植物が成長し、木々が生い茂り池が生まれる。さながら砂漠のオアシスのようだ。

オリハルコンドラゴンから魔力が抜けていき、

『ゴ……ゴ……ガ……ガ……』

金属が軋む鈍い音を立てて停止した。

これまでどのような攻撃をしても一切ダメージを与えることができなかった。この魔法が効いてよかった。

「魔法が通じないと言われているオリハルコンドラゴンを倒したのか？」

いつの間にか近くにきていたブレッドがおそるおそる話し掛けてきた。

「ああ、これでもう心配はいらない」

俺は朦朧《もうろう》とする意識の中、誰の犠牲も出なかったことに心底ホッとしていた。

「ピート！　大丈夫？」

「今そっちに行く」

メリルとメリッサが駆け寄ってくる視界の端で、ミラに支えられ涙を浮かべているシーラの姿を捉えた。

「よかっ……た……」

俺が死ぬかと思い心を痛めていたのだろう。後悔させずに済んで良かったと心底思う。

そんなことを考えているといよいよ限界が来たのか、俺は意識を手放した。

エピローグ

どれだけの時間が流れたのだろうか？

俺は意識を取り戻すと身体がうまく動かせないことに気付いた。

後頭部には暖かい枕の感触があり、頭を優しく撫でてくれる気配がある。

母親に抱かれているような心地よさを感じ、ずっと眠っていたくなる誘惑に駆られるのだが、現状を把握しなければならないので目を開けた。

「ピート」

目を開けるとシーラの顔が飛び込んできた。頬には涙の跡があり俺を見下ろしている。どうやら彼女に膝枕をされている状況のようだ。

「あれから……どうなった？」

身体を起こし、シーラに質問する。周囲には緑が広がっていることから、ここが戦っていた場所だろう。

「オリハルコンドラゴンは動かなくなって、皆は今周囲を見回ってるところだよ」

あれだけ派手な戦闘をしたのだ。周囲のモンスターが近寄ってきても不思議ではない。

だが、あの三人に任せておけば大丈夫だろう。

俺はホッと息を吐くとシーラの太ももに頭を乗せた。

「どうして、あんな無茶したのよ？」

彼女は純粋な疑問を俺にぶつけてきた。

「私はあなたに助けてもらえるような人間じゃない。これまでも身分を偽って傍にいたのよ」

確かに言い出せる機会は何度もあった。俺たちが貴族を嫌っていることは知っていたわけだし、意図的に隠していたのは間違いない。

「確かに、秘密にしていたのは裏切られた気分だ」

ビクリと彼女の肩が揺れる。

「でも、それは秘密にしていたことについてであって、シーラに怒るつもりはない」

「どうして？」

「俺が知り合ったのはこの世界に来てからのシーラだ。前のシーラがどうだったかなんて知らない」

彼女の目が大きく見開いた。これまでと違い、頬を赤くして潤んだ瞳で俺を見ている。

「ピート、あのね。私、ピートが死ぬかと思った時気付いたことがあるの」

彼女は俺の手を握ると顔を近付けてくる。

「私、ピートのことが……」

心臓の鼓動が聞こえる。シーラのものなのか俺のものなのか判断がつかない。あるいは両方の……。

彼女が決定的な何かを言おうとしているのがわかり、喉がカラカラになっていることに気付きながら続きを待つのだが……。

「ピート、大変だよっ！」

弾かれるように俺とシーラが離れた。

「どうしたの？」

メリルが不思議そうな目で俺たちを見ている。

「いや、何でもない。何が大変なんだ？」

焦りを誤魔化すため、俺はメリルに話を聞いた。

「あっちから人間が歩いてきてるの」

既にブレッドとメリッサとミラが集まっており、俺たちもそちらへと合流する。

馬車のような乗り物に乗って、人が近付いてくるのが見える。

攻撃の意思がないのか、白い旗を振っているのがわかった。

やがて、馬車が到着すると、人間が数人降りてきた。

俺たちとは明らかに服装が違う、この世界の人間。

緊張したシーラが俺に身体を寄せる中、彼らは口を開いた。

「遠い旅路の末によくぞたどり着いた。ようこそバベルへ」

彼らがそう告げると同時に、一帯の砂嵐が晴れ、水晶の城が現れたのだった。

いずれ最強の錬金術師？
SOMEDAY WILL I BE THE GREATEST ALCHEMIST?
1~17
小狐丸
KOGITSUNEMARU
シリーズ累計(電子含む)120万部突破！
2025年1月8日より
TVアニメ放送開始!!
TOKYO MX・BS11ほか
コミックス
1~8巻
好評発売中！
いずれ最強の錬金術師？
小狐丸
地味～な生産職志望の僕に付与されたのは、
聖剣から空飛ぶ船まで、何でも造れる
最強スキル
錬金術!!
第10回アルファポリスファンタジー小説大賞
読者賞受賞作
アルファポリス人気ランキング
圧倒的第1位
……僕、のんびり暮らしたいだけなんだけど
1~17巻
好評発売中！
勇者召喚に巻き込まれ、異世界に転生した僕、タクミ。不憫な僕を哀れんで、女神様が特別なスキルをくれることになったので、地味な生産系スキルをお願いした。そして与えられたのは、錬金術という珍しいスキル。まだよくわからないけど、このスキル、すごい可能性を秘めていそう……!? 最強錬金術師を目指す僕の旅が、いま始まる！
いずれ最強の錬金術師？
1
原作 小狐丸
漫画 ささかまたろう
最強の生産スキル
錬金術発動
10万部突破！
◉Illustration：人米
◉16・17巻 各定価：1430円(10%税込)
1~15巻 各定価：1320円(10%税込)
◉漫画：ささかまたろう　B6判
◉7・8巻 各定価：770円(10%税込)
1~6巻 各定価：748円(10%税込)

勘違いの工房主
Kanchigai no ATELIER MEISTER
アトリエマイスター
英雄パーティの元雑用係が、実は戦闘以外がSSSランクだったというよくある話
1~10
時野洋輔
Tokino Yousuke
待望のTVアニメ化!
2025年4月放送開始!
シリーズ累計75万部突破!(電子含む)
1~10巻好評発売中!
コミックス1~7巻好評発売中!
武器や魔法の適性は最低だけど、それ以外全部SSSランク!
無自覚な町の救世主様は勘違い連発!?
読者賞受賞作!
英雄パーティを追い出された少年、クルトの戦闘面の適性は、全て最低ランクだった。
ところが生計を立てるために受けた工事や採掘の依頼では、八面六臂の大活躍! 実は彼は、戦闘以外全ての適性が最高ランクだったのだ。しかし当の本人は無自覚で、何気ない行動でいろんな人の問題を解決し、果ては町や国家を救うことに——!?
戦闘以外の適性すべてSSS!!
人助けしただけなのに…
規格外の少年が世界を振り回す!!?
読者賞受賞の超人気作、待望のコミカライズ!
◉各定価:1320円(10%税込)
◉Illustration:ゾウノセ
◉7巻 定価:770円(10%税込)
1~6巻 各定価:748円(10%税込)
◉漫画:古川奈春 B6判

赤ちゃんの頃から努力していたら
いつの間にか世界最強の
魔法使いになっていました

冷遇された第七皇子はいずれぎゃふんと言わせたい！

REIGU SARETA DAINANA OUJI HA IZURE GYAFUN TO IWASE TAI!

1·2

著 taki210

俺を見下してきた
愚か者どもへ
ざまあの始まりです

魔力量の乏しさのせいで皇帝である父や一族全員から冷遇されていた第七皇子・ルクス。元社畜からの転生者でもあった彼は、皇子同士で繰り広げられている後継者争いから自分や大切な母親・ソーニャを守るために、魔力獲得の鍛錬を始める。そして死に物狂いの努力の末、ルクスは規格外の魔力を手に入れることに成功する。その魔力を駆使して隣国の王女を救ったり、皇帝候補の義兄たちの妨害を返り討ちにしたりと活躍しているうちに皇帝にも徐々に認められるようになり——

◉illustration：桧野ひなこ ◉各定価：1430円（10%税込）

神様の手違いで命を落とした、会社員の佐《さ》鳥《とり》冬《とう》夜《や》。十歳の少年・トーヤとして異世界に転生させてもらったものの、ファンタジーに関する知識は、ほぼゼロ。転生早々、先行き不安なトーヤだったが、幸運にも腕利き冒険者パーティに拾われ、活気あふれる街・ラクセーナに辿り着いた。その街で過ごすうちに、神様から授かったお詫びギフトが無限に進化する規格外スキルだと判明する。悪徳詐欺師のたくらみを暴いたり、秘密の洞窟を見つけたり、気づけばトーヤは無自覚チートで大活躍!? ファンタジーを知らない少年の新感覚・異世界ライフ!

1~3巻好評発売中!

●Illustration:たく

●2・3巻 各定価:1430円(10%税込)/1巻 定価:1320円(10%税込)

この作品に対する皆様のご意見・ご感想をお待ちしております。

おハガキ・お手紙は以下の宛先にお送りください。

【宛先】

〒150-6019 東京都渋谷区恵比寿4-20-3 恵比寿ガーデンプレイスタワー 19F
（株）アルファポリス　書籍感想係

メールフォームでのご意見・ご感想は右のＱＲコードから、
あるいは以下のワードで検索をかけてください。

アルファポリス　書籍の感想　検索

ご感想はこちらから

本書はWebサイト「アルファポリス」（https://www.alphapolis.co.jp/）に投稿されたものを、改稿、改題、加筆のうえ、書籍化したものです。

大賢者《だいけんじゃ》の遺物《いぶつ》を手《て》に入《い》れた俺《おれ》は、好《す》きに生《い》きることに決《き》めた

まるせい

2024年　12月30日初版発行

編集－村上達哉・芦田尚
編集長－太田鉄平
発行者－梶本雄介
発行所－株式会社アルファポリス
〒150-6019 東京都渋谷区恵比寿4-20-3 恵比寿ガーデンプレイスタワー19F
TEL 03-6277-1601（営業）　03-6277-1602（編集）
URL https://www.alphapolis.co.jp/
発売元－株式会社星雲社（共同出版社・流通責任出版社）
〒112-0005 東京都文京区水道1-3-30
TEL 03-3868-3275
装丁・本文イラスト－かがぁ
装丁デザイン－AFTERGLOW
印刷－中央精版印刷株式会社

価格はカバーに表示されてあります。

落丁乱丁の場合はアルファポリスまでご連絡ください。

送料は小社負担でお取り替えします。


ISBN978-4-434-35010-8　C0093